ヴァルキリーズ

パウロ・コエーリョ
山川紘矢・山川亜希子＝訳

角川文庫
19826

すると天使が彼らの前に現れ、主の栄光が彼らのまわり全体をめぐり照らした。

新約聖書ルカ伝、第2章9節

プロローグ（ことの発端）

「私の人生で一番大切なことだって？」とJはちょっと考えてから言った。

「魔法だ」

「いえ、何かそれ以外のもので」とパウロはさらに尋ねた。

「女かな」とJは言った。「魔法と女さ」

　パウロは笑った。

「どちらも私にとっても大事なことですけれど」と彼は言った。「でも、結婚してからは少しだけ、スローダウンしました」

　今度はJが笑った。

「少しだけ、ほんの少しだけです」とパウロは言った。

　パウロはマスター（先生）のグラスにワインを注いだ。二人が会うのは四ヶ月ぶりだった。今夜は特別な夜だった。パウロはもう少し会話を引き延ばしたいと思った。

自分が持ってきた包みを彼に渡す前に、少し時間をとりたかったのだ。

「偉大なマスターは、世の中の俗事からはるかに超越している人かと思っていました。もし、数年前の私にそう答えてくださっていたら、あなたの弟子になんかならなかったでしょう」とパウロはJに言った。

「ならなければよかったのに」とJはワインを飲みながら言った。「そうすれば、君の代わりにすごい美女を弟子にしたのに」

二人はJの泊まっているホテルの最上階にあるレストランに座っていた。話をしているうちにワイン一本をまるごと飲んでしまった。二人は仕事のことや、魔法や女たちについて語り合った。Jは自分が働いているオランダの多国籍企業のために、大きな契約を取り付けたことで、上機嫌だった。そしてパウロは自分の持ってきた包みのことで興奮していた。

「もう一本、持ってこさせましょう」とパウロが言った。

「何を祝福して?」

「あなたがリオデジャネイロに来てくださったこと、……そしてこの窓からのすばらしい眺めと……私があなたに持ってきた贈り物のために」

Jは窓の外の下に広がるコパカバーナの浜辺のまばゆい光を眺めた。「この景色は乾杯に値する」と言って、Jはウエイターに合図を送った。

二人が二本目のボトルの半分を飲み干した時、パウロはテーブルの上に包みを置いた。

Jを見ながら、彼は言った。「もし、あなたから何が大切かと聞かれたら、私は私のマスターだと答えたでしょう。あなたは私に愛だけが消えないものだと教えてくれました。むつかしい魔法の道を歩むのを辛抱強く導いてくれました。すばらしいパワーの持ち主なのに、疑いとある種の弱さを持つ普通の人間として自分を見せる勇気と尊厳を持っています。そしてまた、私が人生を変える偉大な力を理解するのを助けてくれました」

「だいぶワインを飲んだよ。そんな真面目な話はやめたまえ」とJが言った。

「真面目な話なんてしていません。楽しいことを話しているのです。私は愛について話しているのです」

パウロはテーブルの上の包みをJの方に押し出した。「開けてみてください」

「これは何なの？」

「ありがとう、というひとつの表現です。あなたが教えてくれた愛を他の人たちにも伝える方法です」

Jは包みを開いた。それは200ページにも及ぶタイプした原稿だった。その最初のページには『アルケミスト』と記されていた。

パウロの眼がきらりと光った。

「新しい本です」と彼は言った。「次のページを見てください」

そこにはしっかりとした手書きで、次のように書かれていた。

「この本をJに捧《ささ》げる。彼は神の偉大な仕事の秘密を知っているアルケミストです」

パウロはドキドキしながら、この瞬間を待っていたのだ。Jが自分が書いた最初の本（『星の巡礼』）をとても高く評価してくれたことは知っていたが、自分が新しい本を書いていることは、これまで彼には全く秘密にしていた。

「これはオリジナルの原稿です」とパウロは言った。「出版社に出す前に、まず、あなたに読んでいただきたいのです」

彼はマスターの目の表情を探ろうとした。しかし、どのような目をしているのかは、はかりかねた。

「明日《あした》は一日中、人と会わなくてはならない」とJは言った。「だから、夜だけしか読むことが出来ない。今から二日後、ランチを一緒にしよう」

パウロはもっと違う答えを期待していた。Jが献辞を見て感動し、喜んでくれると思ったのだ。

「そうしましょう」とパウロは失望を隠して言った。「では二日たったら、もう一度うかがいます」

Jは支払いのために人をよんだ。彼らは黙ったままエレベーターの方に歩いていった。

Jは11階のボタンを押した。エレベーターが彼の部屋の階で止まった時、彼はドアを開けたままにするために緊急ボタンを押した。そしてパウロに近寄って、弟子の額に指でしるしを描き、「神の子羊があなたを守りますように」と言った。

パウロはマスターを抱擁し、おやすみなさいと言った。Jは緊急ボタンをもとに戻すと、エレベーターから外にでた。

「どうして、オリジナルのコピーを作らなかったの？」と彼はドアが閉まりかけた時に聞いた。

「もし、それが神のおぼしめしなら、神に原稿を消滅させるチャンスを与えるためです」

「それは賢明だ。批評家たちの手にはいらずにすむといいね」とドアが閉まった時に、Jが言うのが聞こえた。

＊

二日後、二人は同じレストランで会った。

Jは言った。「君の本には人を変える錬金術の秘密が書かれている。今まで君と一度も話し合ったことのない秘密だ。でも君はその秘密を正確に書き表している」

パウロは嬉《うれ》しかった。それこそ自分が聞きたかった言葉だった。

「ええ、私も今まで修行してきましたから」と彼は説明した。

「いや、君は修行なんかしていないよ。しかし、君の書いたものは正しい」とJは言った。

『彼をだますことはできない。彼には僕がすごく努力したと思ってもらいたい。だが、彼はだませない』とパウロは思った。

パウロは外を見た。太陽はまばゆいほどに輝いていた。そして、海岸は人で混み合っていた。

「すばらしい青空に何を見ている？」とJが尋ねた。

「雲です」

「いいや」とJは言った。「君は川の魂を見ているのだ。

海の中で再び生まれたばかりの川たちだ。それらは空に昇り、そこにとどまり、いつかまたどんな理由かは分からないが、雨になって、大地に落ちてくる。

川は山に戻る、しかし、それは海の知恵を携えている」

Jは自分のコップにミネラルウォーターを注いだ。彼は普通、昼間はアルコールを飲まないのだ。

「君は私たちが話し合ったこともない秘密をそのようにして見つけたのだ。君は一つの川だ。君はすでに海に流れ着いた。そこで海の知恵を知ったのだ。君は何回も死に、そして生まれ変わっている。君がしなければならないことはただ思い出すことだけだ」

パウロは嬉しかった。それは一種の称賛だった。彼のマスターは、彼がすでに「秘密を発見した」と言ったのだ。しかし、自分がどの秘密を発見したのかを率直に聞くことは出来なかった。

「君に一つ新しい課題をあげよう」とJが言った。心の中で彼は次のように思っていた。これは君の本に関係していることだ。なぜなら君にとって、この本はとても大切だと私は知っているからだ。そしてこの本を無にすることは出来ないからだ。しかし、パウロにそのことを言う必要はなかった。

＊

一週間後、Jとパウロは空港を一緒に歩いていた。パウロは師が先週、彼に与えた課題についてもっと詳しく知りたいと思った。しかし、Jは注意深く会話を避けた。

二人はカフェテリアのテーブルに座った。

「リオに滞在中に二回しかディナーを一緒に食べられなかった」とJは話しはじめた。「そして、これが三度目だ。『一度しか起こらないことは二度と起こらない。しかし、二度、起こることは三度目も必ず起こる』ということわざ通りだ」

Jはあのことについては話そうとはしなかった。しかし、パウロはもっと聞きたかった。彼は師が本の献辞を喜んだことを知っていた。Jとホテルの受付係が話しているのを聞いたからだった。そして、その後、Jの友人の一人がパウロのことを『あの本の作者』と言っていたのも聞いていた。

彼は何人かの人に本のことをすでに話したに違いない。とはいえ、とにかく、本はオリジナルの原稿だけだった。「すべては空なり、神の意思にまかせよう」と彼は自分自身に言った。彼はとても人間的な師を与えてくれたことを神に感謝した。

「私にくださった課題についてお聞きしたいのですが」とパウロはもう一度言った。

「どうやって？　とか、どこ？　とかいうことを聞きたいのではありません。あなたが教えてくれないことは分かっていますから」

「そう、それは君が今までに学んだことのひとつだな」とJは笑った。

「私たちの話の中で」とパウロは続けた。「ジーンという男のことがでました。あなたが今私に要求していることが出来るという人物のことです。私は彼を探してみます」

「君に彼の住所を教えたかな？」

「彼がアメリカのカリフォルニアの砂漠に住んでいるとあなたは言いました。そこに行くのはそんなにむつかしくないはずです」

「むつかしくはないよ」

二人が話している間に、スピーカーが次々と出発便についてアナウンスしていることにパウロは気がついた。彼は会話を終える時間がなくなるのではないかと心配し、緊張し始めていた。

「どのように？　どこで？　ということはお聞きしたいとは思いませんが、何かをなしとげる時、いつも聞かなければならない質問があるとあなたは教えてくれました。その質問を今からします。なぜ、どうして私はこれをしなければならないのですか？」

「なぜなら、人はいつも自分の愛するものをダメにするからだ」とJが答えた。

パウロがもう一度この答えのなぞについて考えていると、また出発のアナウンスが聞こえた。

「私の乗る飛行機だ」とJが言った。「もう行かなければ」

「でも私の質問に対するあなたの答えが理解出来ないのです」

パウロに勘定の支払いを頼むと、Jは紙ナプキンの上に何かをすばやく書いた。

そのナプキンを弟子の前のテーブルの上において、Jは言った。「19世紀に一人の男が、今私が君に言ったことについて書いている。それは世代を超えた真実なのだ」

パウロはそのナプキンを手に取った。ほんの一瞬、それに魔法の呪文《じゅもん》が書かれているのかと思った。けれども、それは詩の一節だった。

そして誰もが自分の愛するものを殺す。
このことを全ての人に知らしめよ。
あるものは皮肉なまなざしで、
あるものは、お世辞で、
臆病《おくびょう》者はキスで、
勇敢なものは剣で。

ウエイターがおつりを持ってきたが、パウロはそれに気がつかなかった。彼は恐ろしい言葉から目を離すことが出来なかった。

「だから、その課題は」長い沈黙のあと、Jは言った。「そののろいを打ち破るために必要なのだ」

「ああしたり、こうしたりして」とパウロはゆっくりと言った。「私は今まで、自分が愛したものを破壊ばかりしてきました。あと少しで夢が実現するかと思ったとき、夢がバラバラに壊れるのを見てきました。そして、人生とはそういうものなのだといつも思ってきました。自分の人生だけでなく、誰の人生もそういうものだと思っていました」

「そののろいを打ち破ることが出来るのだ。もし、君が課題をやりとげればね」とJはもう一度繰り返して言った。

二人はさわがしい空港を無言で歩いていった。Jは彼の弟子が書いた本について考えていた。彼はパウロの奥さんのクリスのことを思った。パウロが今、新しい人生の節目に近づいていることを、彼は知っていた。このような不思議なイニシエーションは誰の人生にも、いつか起こるものなのだ。

彼はまた、パウロが今、最大の夢を実現する一歩手前にいることを知っていた。そして、これは危機を意味していた。なぜなら、Jの弟子も普通の人間と同じだからだ。自分が受け取ったものに自分は必ずしも値しないと、彼は思ってしまうことだろう。

しかし、Jはこのことについてはパウロに何も話さなかった。

「君の国の女性はみんなきれいだね」と出国審査の列まで来た時、Jが微笑みながら言った。「また来られるといいな」

しかし、パウロは真剣に言った。

「課題はそのためなのですね」

彼の師はスタンプを押してもらうためにパスポートを差し出した。「のろいを解くためなのですね」

そして、Jも真剣な顔をして答えた。「愛のため、勝利のためだよ。そして、神の栄光のためでもある」

彼らはもうほとんど6時間も車を運転していた。彼は隣の席に座っている女性に道が間違っていないかどうか、もう何百回も聞いていた。

彼女はもう何百回も地図を見た。そう、彼らは正しい道を進んでいた。しかし、周りには緑の木々が茂り、近くに川も流れていた。道路に沿って、樹も植えられていた。

「ガソリンスタンドに寄って、聞いたほうがいいと思うわ」と彼女は言った。

彼らはラジオから流れる古い音楽を聴きながら、黙ったまま、走り続けた。クリスはガソリンスタンドに寄る必要はないことを知っていた。まわりの風景は自分たちが予期していたものと全く違ってはいたが、道は正しかったからだ。しかし、彼女は夫のことをよく知っていた。パウロは彼女が地図を見間違えているのではないかとイライラしているのだ。どこかに停まって聞いてみれば夫の気分がおさまるだろう、と彼女は思った。

「私たちはここで何をするの？」

「僕にはしなければならない課題があるのだ」と彼は答えた。

「奇妙な課題ね」と彼女が言った。

とても奇妙だ、と彼も思った。それは自分の守護天使と話すという課題だった。

「わかったわ」しばらくして彼女は言った。「あなたは自分の守護天使と話すためにここにきたのね。でも、私とも少しは話したら？」

しかし、彼は何も言わなかった。彼女が道を間違えているのではないかとまた思いながら、パウロは運転に集中していた。言ってもむだだわ。早く、ガソリンスタンドに行き当たらないかしら、と彼女は思った。

彼らはロスアンジェルス国際空港からまっすぐ旅に出たのだった。彼女はパウロが疲れて、居眠り運転をするのではないかと心配になった。まだ、目的地からは遠いようだった。

エンジニアと結婚した方がよかったわ、と彼女は心の中で思った。

彼女は彼の人生にどうしてもなじめなかった。仕事を急に辞めたり、聖なる道や剣を探したり、天使と会話したり、魔法の道をさらに進むためにやれることは何でもするという生活だった。

この人はいつも、全てを捨てて、先に行きたいのよ。

彼女は最初のデートを思い出した。その日、すぐに一緒に寝て、一週間もたたないうちに彼女は絵の仕事机を彼のアパートに運び込んだのだった。友人たちは彼のことを魔法使いだと言い、クリスはある夜、通っていたプロテスタント教会の牧師に電話して、自分のために祈って欲しいと頼んだことさえあった。

＊

しかし、一緒になってからの最初の一年間、パウロは魔法のことについては一言も話さなかった。彼は録音スタジオで働いており、彼の関心事はその仕事だけのように見えた。

次の年も生活は同じだった。彼は仕事を辞めて、別のスタジオで働くようになった。一緒になって三年目に彼はまた仕事を辞めた。(何でも放り投げて辞めてしまう病気なんだわ！) そして今度はテレビの脚本を書くことに決めた。毎年仕事を変える彼の生き方は変だと彼女は思っていた。でも、彼はものを書き、お金を稼ぎ、ふたりは豊かな生活をおくっていた。

そして、一緒になってから三年目の終わりごろ、彼はまたまた仕事を辞めることにした。彼は何の説明もしなかった。ただ、自分が今までしていた仕事に飽きてしまった、次から次へと仕事を辞めては変え続けるのは無駄なことだと言っただけだった。彼は自分が本当にしたいことを発見する必要があった。二人にはいくらかためたお金があった。そこで、旅に出ることにしたのだった。

ちょうど今、私たちがしているように車でね、とクリスは思った。

＊

クリスがJに初めて会ったのはアムステルダムでのことだった。その時、シンゲル運河を見渡すブラウワーホテルのカフェでパウロとコーヒーを飲んでいた。ビジネススーツを着た背の高い白髪の男を見たとたん、パウロの顔が青ざめた。彼は不安でいっぱいだったが、勇気を振り絞って、その年配の男のテーブルに近寄った。

その夜、パウロとクリスが再び二人だけになった時、彼はワインを丸々一本飲んでしまった。彼は酒には強くなかったので、酔っ払ってしまった。その時初めて、彼は自分のことを告白した。それは彼女がすでに知っていることだった。もう7年にも亘《わた》って、魔法を一生懸命に学んできたが、そのあとある理由でそれを全く諦《あきら》めてしまったと、彼は告げたのだった。彼女が何度たずねても、彼はその理由を一切、説明しようとはしなかった。

「二ヶ月前、ダッカウに二人で行った時、Jのヴィジョンを見た」とパウロは言った。

クリスはその日のことを憶《おぼ》えていた。パウロが泣いたからだ。彼は自分は呼びかけられている、でもどう答えたらいいのかわからない、と言った。

「僕は魔法に戻るべきなのだろうか？」と彼はたずねた。

「ええ、戻るべきだわ」と彼女は答えたが、確信があったわけではなかった。

アムステルダムでのことがあってから、全てが変わった。儀式と練習と修行の連続だった。Jと一緒に何回も長期間の旅に出た。それも帰る日がいつかも決まっていなかった。奇妙な性的なオーラを持つ女や男と長い間一緒だったこともあった。試練やテスト、長く続く眠れない夜、一度も家を出ない長い週末などもあった。しかし、パウロは前よりもずっと幸せだった。そして、もう仕事を辞めることを考えもしなかった。二人は一緒に小さな出版社を作った。そしてパウロは長い間、やりたいと夢見ていたことをやり始めた。それは本を書くことだった。

＊

待ちに待ったガソリンスタンドがあった。若いアメリカ先住民の女が車のタンクにガソリンを入れている間に、パウロとクリスはあたりを少し歩いてみた。

パウロは地図を調べて、道順を確認した。大丈夫、彼らは正しい道筋にいた。さあこれでパウロもリラックスするわ。彼も少しはしゃべってくれるでしょう、とクリスは思った。

「Jは、あなたがここであなたの天使と出会うことになっていると言ったの？」と彼女は恐る恐る尋ねた。

「いいや」と彼は答えた。

いいわ。少なくとも答えてくれたわ、と彼女は思った。彼女は夕陽に照らされて光っている緑の木々を眺めていた。もし、何回も地図をチェックしていなかったならば、彼女だって、道が正しいかどうか、疑ったことだろう。地図はあと6マイルかそこら行けば、目的地に着けることを示していた。しかし景色を見ると、これから先、まだまだ遠くまで行かなければならないように思えた。

「ここに来なければならなかったというわけではない」とパウロが言った。「どこでも良かったのだが、ここに連絡先があるからだ」

もちろん、パウロにはいつも連絡先があった。彼らはトラディションの会員だと彼は言っていたが、クリスは自分の日記に書く時、彼らのことを「コンスピラシー」（陰謀団）と書いた。彼らの中には魔法使いや祈禱師《きとうし》など、世間一般人にとっては悪夢に出てくるような人たちもいた。

「その人は天使と話す人なの？」

「いや、よく分からない。ある時、Jがたまたま、ここに住むトラディションのマスターについて話したのだ。その男は天使と交信する方法を知っているそうだ。しかし、それはうわさにすぎないかもしれない」

彼はまじめに話しているのかもしれなかったが、パウロが数ある「連絡先」の中から適当に一つの場所を選んで言っているのかもしれないと、クリスは知っていた。その場所は日常生活からはるかにかけ離れた場所で、彼が「普通ではない世界」にもっと強く集中できる場所なのだ。

「どうやってあなたの天使と話すの？」

「僕にも分からない」と彼は答えた。

なんとおかしな人生なんだろう、とクリスは思った。彼女は夫がガソリンスタンドにお金を払いに行くのをながめていた。彼女に分かっていることといえば、夫が天使と話さなければならないと感じているということだけだった。すべてをそのまま後にし、飛行機に飛び乗り、ブラジルから12時間も飛んでロスアンジェルスにやって来て、このガソリンスタンドにくるまで、6時間車を走らせてきたのだった。そして、ここに40日間も滞在するだけの忍耐力を持たなくてはならないのだ。それもみな、彼が自分の守護天使と話す、というよりも話そうと試みるためなのだ！

彼は彼女を見て笑った、そして彼女も彼に微笑み返した。とどのつまり、そんなに悪い話ではない。彼らは出発前は、毎日の面倒なこと、お金を支払ったり、小切手を現金化したり、お礼の電話をしたり、容赦のない現実を受け入れたりしなければならない暮らしをしていたのだ。しかし、二人は今も天使を信じていた。

「私たちにはきっと出来るわ」と彼女は言った。

「私たちと言ってくれてありがとう」と彼は微笑みながら答えた。

「でも僕がここでは魔法使いだからね」

＊＊＊

ガソリンスタンドの女性は、彼らは正しい道を来ている、もう10分ぐらいで目的地に着く、と言っていた。二人は黙ったまま車を走らせた。パウロはラジオを消した。道はすこしずつ登っていたが、坂道の上に着いた時、初めて自分たちがとても高い場所に来ていることに気がついた。ずっと気づかなかったが、少しずつ6時間も登り続けていたのだ。

ついに彼らはそこにいた。

彼は道路わきに車を停め、エンジンを止めた。クリスは自分たちがやってきた方向を振り返り、さっきまで見ていたものが本当かどうか、確認した。そう、緑の木々や植物、草木などが見えた。

しかし、彼らの前には地平線から地平線までモハベ砂漠が広がっていた。その砂漠は非常に広大で、多くの州にまたがってメキシコまで続いていた。彼女が子供の頃に西部劇で何回も見たことのある砂漠だった。虹《にじ》の森とか死の谷といった不思議な名前がつけられた場所のある砂漠だった。

ピンク色をしているわ、とクリスは思った。しかし彼女は何も言わなかった。パウロはどこまでも無限に続く砂漠を眺めながら、どのあたりに天使が住んでいるのか見極めようとした。

*

ボレゴスプリングスは一番大きな公園の真ん中に立つと、どこから始まりどこで終わるのか見渡せるほどの小さな町だ。しかしそこには、冬になると太陽を求めてやってくる観光客のためのホテルが三つあった。

二人はホテルの部屋に荷物を置いて、ディナーのためにメキシコ料理のレストランに行った。ウエイターは彼らのそばにしばらく立ち、二人が何語を話しているかをうかがっていた。何語を話しているのか分からなくて、仕方なしに彼は尋ねた。二人がブラジルから来たのだと答えると、彼はブラジル人に会うのははじめてだと言った。

「じゃあ、もう二人に会ったことになる」とパウロは笑った。

明日《あした》までには町中の人全員がこのことを知るだろう。ボレゴスプリングスにはあまりニュースがないから、と彼は思った。

食事を終えてから二人は街中を手をつないで歩いた。パウロは砂漠の中まで歩いて行って、砂漠を感じ、モハベの空気を吸い込んでみたいと思った。そこで二人は岩がごろごろしている砂漠の上を半時間も歩いて行った。立ち止まって後ろを振り返るとボレゴスプリングスの町の明かりが遠くにいくつか見えた。

砂漠では空が晴れ渡っていた。二人は土の上に座って、流れ星にそれぞれの願いを祈った。月はなく、たくさんの星座がくっきりと輝いて見えた。

「今までの人生で、君がしていることを誰かが観察しているように感じたことはなかった?」とパウロはクリスに聞いた。

「どうしてそれを知っているの?」

「ただ知っているのだ。はっきりと分からなくても、天使がいると気がついている瞬間があるのだ」

クリスは自分の青春時代を思った。その頃、彼女はそうした感覚をとても強く感じていた。

「そのような時、僕たちは自分が主人公を演じる映画を作り始める。そして、誰かが自分の行動を見ていると確信する。

しかし、歳を取ってくると、そんなことはばかげていると思うようになる。そんなのは映画俳優になったと思いこむ子供のファンタジーに過ぎなかったと思うようになる。見えない観客の前で演じているこのような瞬間、見られているという感覚がとても強烈だったことを忘れてしまうのだ」

彼はしばらく黙っていた。

「夜の空を見上げると、その感覚が戻ってくることがよくある。そして聞きたくなることはいつも同じだ。そこから誰が僕たちを見ているのだろう？」

「それは誰なの？」

「天使たちさ、神のメッセンジャーだ」

彼女は空を見上げた。そして彼が言ったことを信じたいと思った。

「どの宗教も、そして超常現象を体験した人はみな、天使のことを話している」とパウロはさらに続けた。「この宇宙には天使たちが住んでいる。僕たちに希望を与えるのは彼らだ。救世主が生まれたと告げにきた天使のように。また天使は死をもたらすこともある。エジプト中を徘徊《はいかい》し、ドアに正しいサインを書かなかったものを殺した人殺しの天使のように。手に炎の剣を持つ天使は我々が天国に入るのを防ぐことが出来る。またはマリアにしたように天使は我々を天国に招き入れることも出来る。天使は禁書の封印を開き、最後の審判の日にトランペットを吹き鳴らす。彼らはミカエルがしたように光をもたらし、またルシファーがしたように闇をもたらすのだ」

クリスはためらいがちに聞いた。「彼らには羽があるのかしら？」

「さあ、僕はまだ天使に会ったことがないからね」と彼は答えた。「僕もそのことを知りたかったので、Jに聞いてみた」

良かったわ、と彼女は思った。少なくとも、天使に関する素朴な疑問を持つのは私だけじゃなかったから。

「Jは、天使は人が想像する何にでも姿を変えることが出来ると言っていた。天使は生き物の形をとった神の思いであり、人間の知恵や知識に順応する必要があるからだ。そうしないと、人間が彼らを見ることが出来ないと知っているのだ」

パウロは目を閉じた。

「君の天使を想像してごらん、すると天使が今、この場所にいるのを感じるよ」

二人は沈黙し、砂漠の地面に横たわった。もの音ひとつしなかった。クリスは再び、自分が映画の主人公になって見えない観客の前で演技をしているような気持ちになった。そして、強く意識を集中させればさせるほど、自分のまわりに親しげで、やさしい天使がいる気配をはっきりと感じた。彼女は青いドレスを着てブロンドの髪をし、大きな白い羽がある自分の天使の姿を想像し始めた。──それは子供の頃、彼女が描いていた天使の姿そのままだった。

パウロもまた自分の天使を想像していた。もう何回も見えない世界に囲まれているのを想像したことがあったから、これは彼にとっては新しい経験ではなかった。しかし、Jがこの課題を彼に与えてからというもの、自分の天使をもっとありありと感じるようになっていた。自分たちの存在を信じる者にだけ、天使は姿を見せるとでも言うかのようだった。しかし、天使の存在を信じようが信じまいが、天使はいつもそこにいることを彼は知っていた。彼らは命のメッセンジャーであり、死、地獄、そして天国のメッセンジャーなのだった。

彼は自分の天使に金色の刺繍《ししゅう》がほどこされた長いローブを着せた。そして彼は、その天使に翼も与えた。

＊＊＊

彼らがホテルに戻ってくると、朝食をとっていたホテルのガードマンが二人に向かって言った。

「私なら、夜間には二度と砂漠なんかに出かけませんよ」

ここは本当に小さな町だわ、とクリスは思った。あなたが何をしているか、町のみんなが知っている。

「夜の砂漠は危険です」とホテルのガードマンが説明した。「コヨーテやヘビが出ますから。彼らは日中の暑さに耐えられないので、太陽が沈んでから狩りにでかけるのです」

「私たちは天使を探していたのです」とパウロが言った。

ガードマンはこの男は英語がよく話せないのだ、と思った。彼が言っていることはおかしかった。天使だなんて！　彼はきっと他のことを意味しているのだろう。

二人はコーヒーを急いで飲みほした。パウロの「連絡先」のひとりとその朝早く会おうと約束していたからだった。

＊＊＊

ジーンを初めて見た時、クリスはびっくりした。彼はひどく若く、おそらく20歳にもなっていないようだった。彼はボレゴスプリシグスから数マイル行った砂漠の真ん中でトレーラーに住んでいた。

「この人が陰謀団のマスターなの？」若者がアイスティーを取りに行っている間、彼女はパウロにささやいた。

しかし、パウロが返事をする前に、ジーンが戻ってきた。彼らはトレーラーの横に張り出した日よけの下に座った。

パウロとジーンはテンプル騎士団の儀式について、輪廻《りんね》転生について、スーフィーの魔法について、ラテンアメリカのカソリック教会について話した。若者は多くのことを知っているようだった。そして二人の会話を聞くのは面白かった。まるである戦術を弁護したり、別の作戦を批判したりしている人気スポーツファンの議論のようだった。

彼らは天使以外のすべてのことを話した。

昼間の暑さが激しくなってきた。ジーンが砂漠の素晴らしさを笑顔で話す間、彼らはアイスティーを何杯も飲んだ。初心者は絶対に夜の砂漠に行ってはいけない、と彼は二人に警告した。また、日中の一番暑い時間も避けたほうが良いと忠告した。

「砂漠は朝と夕方のためのものです」と彼は言った。「それ以外の時間は危険です」

クリスはしばらく努力して彼らの話を聞いていた。しかし、その朝、彼女は早くから目が覚めていた。それに、太陽はどんどん強くなっていた。彼女は目を閉じて、少し寝ることにした。

＊＊＊

彼女が目を覚ました時、彼らの話し声が他の場所から聞こえてきた。二人の男性はトレーラーの後ろにいた。

「どうして奥さんを連れてきたのですか？」ジーンがひそひそと尋ねているのが聞こ

えた。

「砂漠に来るからです」とパウロもまた、ささやき声で答えた。

ジーンは笑った。

「でも、砂漠で一番素晴らしいことを逃していますよ。それは一人になる、ということです」

生意気な若者だわ、とクリスは思った。

「君がさっき言っていたヴァルキリーズについて教えて欲しい」とパウロが言った。

「彼女たちはあなたが天使を見つけるのを助けてくれます」とジーンが答えた。「私に教えてくれたのも彼女たちです。でもヴァルキリーズたちは嫉妬《しっと》深《ぶか》くて、情け容赦ありません。彼らは天使と同じルールに従おうとしています。ご存じだと思いますが、天使の王国では良い悪いがないのです」

「僕らが理解しているのとは違う」とパウロが反論した。

クリスは「ヴァルキリーズ」が何を意味するのか分からなかった。

昔、オペラの題名でその名前を聞いたことがあるような気がした。

「天使と会うのは難しかった？」

「『苦悩に満ちた』という言葉で表現したほうがいいかもしれません。ヴァルキリーズがここにやってきた時に、突然起こったのです。初めは面白半分にそのやり方を学んでみようと思いました。その頃はまだ砂漠の言葉を理解していなかったので、自分に起こったことすべてにひどく混乱していたからです。

あそこの三番目の山の頂上にいた時、私の天使が現れました。私はその山に、ただなんとなく歩いてゆき、ウォークマンで音楽を聴いていました。そのころ、私は第二の心をすでにマスターしていました」

その「第二の心」って、一体何のことかしら？　とクリスは思った。

「それを教えたのは君のお父さんですか？」

「いいえ、私が父親にどうして天使のことを教えてくれなかったのか尋ねたとき、父はそのようなことはとても重要なので、自分自身で学ばなくてはならないのだと言いました」

二人はしばらくの間、黙っていた。

「もし、ヴァルキリーズに会った時には、彼女たちとうまくやってゆく方法があります」とジーンが言った。

「どんな方法？」

若い男は笑った。

「自分で分かりますよ。でも奥さんを連れてこなかったほうがずっとよかったですよ」

「君の天使には羽がありましたか？」とパウロが尋ねた。

ジーンが答える前に、クリスは折りたたみ式の椅子から立ち上がると、トレーラーを回って二人の前に立った。

「彼はなぜ、あなたがここに一人で来ることにひどくこだわるの？　あなたは私に帰って欲しいの？」と彼女はポルトガル語で聞いた。

ジーンはクリスが割って入ってきたことを気にもかけずに、パウロに話し続けた。彼女はパウロの答えを待った。しかし、彼女の姿も二人には見えなかったのかもしれなかった。

「車の鍵《かぎ》をちょうだい」と彼女はもう我慢ができなくなって言った。

「あなたの奥さんはどうしたいのですか？」とジーンが聞いた。

「彼女は第二の心とは何なのか知りたがっているようですね」

何てこと！　もう私たちは9年間も一緒にいるのに、この見ず知らずの男は私たちのことをなにもかも知っているわ！

ジーンは立ち上がった。

「座ってください。そして、目を閉じてください。これから第二の心を教えますから」と彼は言った。

「私がこの砂漠に来たのは魔法を学ぶためでも、天使と話すためでもないわ。ただ、夫と一緒にいるためよ」とクリスは言った。

「座ってください」とジーンは微笑みながら、もう一度言った。

彼女はパウロの方をチラッと見たが、彼が何を考えているのか分からなかった。

私は彼らの世界を尊重するわ、でも、それは私とは何の関係もないことよ、と彼女は思った。彼らの友達はみな、彼女も夫の生活スタイルに完全に巻き込まれていると思っているようだった。しかし、実際には二人はそのことについてはお互いにほとんど話し合ったことがなかった。彼女はある種の場所に夫と一緒に行くのには慣れていた。ある時は彼の剣を儀式のために運んだこともあった。サンチャゴへの道も知っていた。そしてセックスの魔術に関してもかなり学んでいた。パウロと夫婦だからだ。しかし、それだけのことだった。彼女に何かを教えようと、Jは一度も申し出たことがなかった。

「私はどうしたらいいの?」と彼女はパウロに聞いた。

「君の思うようにしなさい」と彼は答えた。

あなたを愛している、と彼女は思った。彼女が彼の世界のことを何か学ぼうとすれば、二人の関係はもっと深まるに違いなかった。彼女は自分の椅子に戻って座った。

そして目を閉じた。

「あなたは何を考えていますか?」とジーンが彼女に聞いた。

「あなたたち二人が議論していたことよ。パウロが一人で来たほうが良かったということ。第二の心について。彼の天使には羽があるかどうかということ。そして、なぜ自分がそれに興味をもつべきなのか。つまり、私は今まで、天使と話したことはないと思うの」

「いや、違います。あなたは何かもっとほかのことを考えているはずだ。あなたがコントロール出来ないことを」

彼女はジーンの手が自分の頭の両側に触れているのを感じた。

「リラックスしてください」彼の声は優しかった。「あなたは何を考えていますか？」音が聞こえた。そして、声も聞こえた。彼女は今、初めて自分が思っていることに気がついた。それはほとんど一日中、頭から離れなかったことなのに。

「メロディだわ」と彼女は答えた。「昨日、ここに来る間に車のラジオで聞いてからずっと、このメロディを頭の中で歌っているの」

それは本当だった。彼女はそのメロディを絶え間なくハミングし続けていた。おわりまで、そして、もう一度、そしてまた最初から終わりまで。彼女はそれを頭から追い払うことが出来なかった。

ジーンは彼女に目を開くように言った。

「それが第二の心です」と彼は言った。「歌をハミングしているのがあなたの第二の心です。第二の心は何をしていても活動しています。誰かに恋している時は、その人のことがずっと頭にあります。誰かのことを忘れたくても、同じことが起こります。第二の心はとても扱いにくい相手です。あなたが望もうと望むまいと、働き続けるのです」

ジーンは笑った。

「歌でしたか！　私たちはいつも何かに感激します。それもいつも歌というわけではありません。誰か好きになった人のことが頭から離れないという経験はありませんか？　それが起こると本当に大変です。旅に出ようが、忘れようとしようが、あなたの第二の心は『ああ、彼はあれが好きだった！　ああ彼がここにいてくれさえすれば！』と思い続けます」

クリスはびっくりした。今まで第二の心などというものについて、考えたこともなかったのだ。

彼女は二つの心を持っていた。そして、それらは同時に働いているのだった。

＊＊＊

ジーンが彼女のそばにやってきた。

「もう一度、目を閉じてください」と彼は言った。「あなたが見ていた地平線を思い出してください」

彼女は思い出そうとした。「思い出せないわ」と彼女は目を閉じたまま言った。「私は地平線を見ていなかった。地平線が周りにあることは知っていたけれど、私はそれを見てはいなかった」

「目を開けて、地平線を見てください」

クリスは地平線を見回した。山や岩や石、そしてまばらに生えているひょろひょろとした植物を見た。太陽がどんどん輝きを増してサングラスを突き通り、彼女の目を焼いてしまいそうだった。

「あなたはここにいます」とジーンは真剣な声で言った。「あなたはここにいて、あなたの周りにあるものがあなたを変えるということを理解してください。同じようにあなたも周りのものを変えているのです」

クリスは砂漠をじっと見つめた。

「見えない世界に入り込んであなたのパワーを強めるためには、あなたは今に生きなければなりません。今、ここに生きるのです。今に生きるためには、第二の心をコントロールしなければなりません。地平線をよく見てください」

ジーンはハミングしているメロディに集中するようにと彼女に言った。それは、「When I Fall In Love」という曲だった。彼女は歌詞を知らなかった。だから、自分で勝手に言葉をつけたり、ラララと歌ったりしていた。

クリスはメロディに集中した。するとすぐにそのメロディは消えた。今彼女は完全に意識をジーンの言葉だけに集中していた。

しかし、ジーンはそれ以上、何も言うことはないようだった。

「私は今から一人でいる必要があります。二日したら、ここに戻ってきてください」

と彼は言った。

＊＊＊

パウロとクリスは冷房の効いたホテルの部屋に中から鍵をかけて閉じこもった。日中の砂漠の気温は華氏110度（摂氏約43・3度）にもなるので、外に出たいとは思わなかった。読む本もなく、何もすることがなかった。昼寝をしようと試みたが、眠ることも出来なかった。

「砂漠を探検してみよう」とパウロが言った。

「砂漠は暑すぎるわ。ジーンが危険だと言っていたわ。明日《あした》にしましょう」

パウロは返事をしなかった。彼はホテルの部屋に閉じ込められていることすら、学びの体験に変えることが出来ると確信していた。人生で起きることはどんなことにも意味があると思いたかったのだ。そして会話は緊張をほぐすための方法としてだけ使っていた。

しかし、それは不可能だった。全てのことに意味を見つけるために、彼はいつも注意し緊張していなければならなかった。だからパウロはリラックスすることが出来なかった。クリスは時々、彼はいつになったら、緊張していることに飽きるのだろうか、と思った。

「ジーンって何者なの？」

「彼の父親は有力な魔術師だ。彼はジーンに家族の伝統を引き継いでほしいと思っている。技術屋さんが自分の子供に自分の跡継ぎをしてもらいたいと思うのと同じさ」

「彼は若いのに大人ぶっているわね」とクリスが言った。「彼は人生で一番いい年代を砂漠で無駄にしているわ」

「どんなことにも代償はあるものさ。もしジーンがこのまま無事に育ち、トラディションを捨てなければ、彼は古いマスターたちが理解はしていてももはや説明ができない世界に参入する、最初の若いマスターとなるだろう」

パウロは横になったまま、手もとにある唯一の本、『モハベ砂漠の宿泊ガイド』を読み始めた。すでに話したこと以外にもジーンにはここにいる目的があることを、彼は彼女に話したくなかった。それは彼が超能力の持ち主であり、天国の門が開いた時にすぐに役にたつ要員として、トラディションによってここに配置されているということだった。

クリスは話をしたかった。彼女はホテルの部屋に閉じ込められていることが不安だった。夫のように、何もかもに意味を見つけることはしないと決めていた。彼女はエリートの共同体の中で居場所を見つけるためにここに来ているのではなかった。

「ジーンが私に教えてくれたことがよく理解できなかったわ」と彼女は言った。「孤独と砂漠が見えない世界へのコンタクトを強化するというけれど、そうなれば、他の人たちとのコンタクトを失うことになると思うの」

「彼にはガールフレンドの一人や二人、この近くにいると思うよ」とパウロは言った。

彼は会話を避けたかった。

もし、あと39日間も閉じ込められてパウロと一緒にいなければならないのならば、私は自殺する、と彼女は自分に約束をした。

＊＊＊

その日の午後、二人はホテルから道路を渡ったところにあるコーヒーショップに行った。パウロは窓側のテーブルを選んだ。二人はアイスクリームを注文した。クリスは第二の心についてもう何時間も研究していた。そして、今では第二の心を前よりもずっとうまくコントロール出来るようになった。しかし、自分の食欲をコントロールすることは出来なかった。

パウロは言った。「通り過ぎる人たちを注意深く観察してごらん」

彼女はパウロが言ったようにした。でも次の半時間の間に五人しか通り過ぎなかった。

「何が見えた？」

彼女は見た人々のことを詳しく語った。着ているもの、およその年齢、何を持っていたか。しかし、それは明らかにパウロが聞きたかったことではなかった。彼はもっと良い答えを引き出そうといろいろ質問したが、聞き出すことは出来なかった。

「まあ、いい」と彼は言った。「君に気づいて欲しかったことを教えよう。通りを歩いていた人たちがみんな下を向いていたということだ」

二人は次の人が通りかかるのをしばらく待った。パウロは正しかった。

「ジーンは君に地平線を見るようにと言ったね。そうするようにしなさい」

「それはどういう意味なの？」

「僕たちは誰でも、自分の周りに一種の『魔法のスペース』を作っている。普通は半径15フィート（約4・6メートル）の円で、僕たちはその中で起こっていることに注意を払っている。それは人、テーブル、電話、窓、なんでもかまわない。僕たちは自分が作ったその円の中の小さな世界をコントロールしようとするのだ。

しかし、魔術師はいつもそれよりもずっと広い世界を見ている。僕たちはその『魔法のスペース』を広げ、もっと沢山のものをコントロールしようとする。そのことを彼らは『地平線を見る』と言っているのだ」

「でも、どうして私がそんなことをしなければならないの？」

「君がここにいるからだ。それをすると、ものごとがどれほど変化しているのか見えてくるのさ」

コーヒーショップを出ると、彼女は遠くにあるものにも注意をし始めた。そして山や、太陽が沈み始めるとともに時々現れる雲にも気がついた。そして不思議なことだったが、自分の周りにある空気までが見えるような気がした。

「ジーンが君に言ったことはどれもとても重要だ」とパウロは言った。「彼はすでに自分の天使に会って話をしている。そして僕に教える手段として、君を使っているのだ。彼は自分の言葉の力を知っている。そして受け容《い》れられなかった助言はそれを与えた者に戻り、そのエネルギーを失うことを知っている。彼は自分が話すことに君が興味をもつかどうか、確かめる必要があるのだ」

「どうしてあなたに直接言わないのかしら？」

「それはトラディションには不文律があるからだ。マスターは他のマスターの弟子に教えてはいけないのだ。彼は僕がJの弟子であることを知っている。でも僕の助けとなりたい。そこでそのために君を使っているのだ」

「だから私をここに連れてきたの？」

「いいや。僕は砂漠で一人になるのが怖かったからだ」

私を愛しているから、と言えばいいのに、と彼女は思った。

その方がもっと正確かもしれなかったのに。

＊＊＊

二人は舗装していない細い道路の脇に車を停めた。二日が経過していた。その日の夜、彼らはジーンと会うことになっていた。ジーン。彼が彼女にいつも地平線を見るようにと言ったのだった。彼女はジーンに会うのが楽しみだった。

でもまだ、午前中だった。砂漠での一日は長かった。

彼女は地平線を見た。何百万年も前、山は突然に隆起し、砂漠を横切る長い山脈を形成した。この山を造った地震は大昔に起こったのだが、大地がどのように収縮したかがよく見えた。大地はなだらかに山の方向に盛り上がっていた。そして、ある高さになると、一種の傷口が開いて、そこから岩が空に向かって飛び出していた。

車と山の間には岩だらけの谷間があり、ところどころに植物が生えていた。とげのある木の塊や、サボテンやユッカの木などだった。環境が少しも助けてくれない土地で、生き残ろうと懸命になっている命だった。渓谷のまん中あたりにフットボールの球場が五つも入るほどの、広大な白い広がりがあった。それは朝の光を浴びて、雪原のように見えた。

そう、この砂漠はかつて海の底だったことがあったに違いない。一年に一度、太平洋からカモメが何百マイルも飛んでこの砂漠にやってくる。雨が降り始めると現れ出る海老《えび》の一種を食べるためだ。人間は忘れても、自然は元の姿を覚えているのだ。

「あの塩の海はここから3マイルぐらいだと思う」とクリスが言った。

パウロは腕時計を見た。まだ早い時間だった。二人が地平線を見た時に、地平線は彼らに塩の湖（ソルトレーク）を見せたのだった。1時間歩いてゆき、もう1時間で帰ってくれば、強い日中の太陽の危険はないだろう。

二人はそれぞれに自分のベルトに水筒をつけた。パウロはタバコと聖書を小さなバッグに入れた。塩の湖に着いた時、聖書をぱっと開いて、その頁を読もうと提案するつもりだった。

＊＊＊

「塩だ。塩の湖だ」

二人は歩き始めた。クリスは出来るだけ地平線を見つめることにした。それはとても簡単なことだったが、何か不思議なことが起こっていた。彼女は気分が良くなり、より自由に感じて、まるで身体の中のエネルギーが増したかのようだった。そしてこの何年間かで初めて、パウロの「陰謀団」にもっと強い興味を持たなかったことを後悔した。彼女はあの難しい儀式は用意が出来た人や、自制心を持った者だけが行えるものだと思っていたのだ。

二人は半時間、ゆったりとしたペースで歩いた。湖は場所を変えているように思えた。それはいつも自分たちから同じ距離にあるように見えた。

彼らはさらに1時間歩いた。すでに4マイルかそこらを歩いたに違いない。しかし湖はほんの少しだけしか近づいていないようだった。

もう早朝とはいえなかった。太陽の暑さが増してきていた。

パウロは振り返った。自分たちの自動車が見えた。遠くにある小さな赤い点だったが、まだ見ることが出来た。道に迷うことは不可能だった。自動車を見た時、彼は他に何か重要なものを見た。

「ここで止まろう」と彼は言った。

彼らは歩いてきた小道を離れて、大きな岩に向かって歩いていった。二人は岩の近くに身を寄せた。とても小さな影しかなかったからだ。砂漠では、影は朝早くか、午後遅くなってからしか現れない。あとは岩の近くだけにしか出来ないのだ。

「僕たちの計算は間違っていた」と彼は言った。

クリスはすでにそれに気がついて、驚いていた。パウロは距離を見積もるのがとてもうまかったのに、3マイルか4マイルぐらいだろうという彼女の推測を信じたからだった。

「どうして間違えてしまったかが分かった」と彼は言った。「砂漠では比較するものが何もないのだ。我々はものの大きさを基準にして距離を計算している。そして木や電柱や家の大体の大きさを知っている。それらが、それが近くにあるか、遠くにあるかを教えてくれるのだ」

ここでは参考にするものがなかった。岩があったが、いままで見たこともないものだった。山があっても、彼らはどのくらいの高さか推定できなかった。そして、植物はまばらにあるだけだった。パウロは振り返って車を見た時に、そのことに気がついた。そして自分たちが4マイル以上歩いてきたのだと分かったのだった。

「少し休んで、それから戻ることにしよう」

それがいいわ、とクリスは思った。彼女は地平線を見続けるという考えに魂を奪われていた。それは彼女にとって全く新しい体験だった。

「パウロ、この地平線を見るという仕事は……」クリスは言葉をとめた。

パウロはクリスが続けて何かを言うだろうと思って、待っていた。彼女は自分が馬鹿げたことを言わないかと心配したのか、あるいはこの道の初心者がよくするように、何か神秘的な意味を発見したのかのどちらかだと、パウロには分かっていた。

「まるで……分からないわ……私には説明できないけれど……まるで私の魂が成長したような気がするの」

そう、その通り、とパウロは思った。彼女は正しい道を進んでいる。

「いままでは、遠くを見ると、遠くにあるものはとても遠くに見えたの。それが自分の世界の一部とは思えなかった。近くにあるものばかりを見ていたからよ。自分の周りにあるものだけを。

でも二日前から遠くのものを見るのに慣れてきた。すると、テーブルや椅子や近くのものの外に、山や雲や空が私の世界に含まれるようになったの。そして、私の魂……私の魂が目を持ち、その目を使って空や雲に触れるような気がするの」

ワーオ！　なんとすばらしい言い方なんだろう、とパウロは思った。

「私の魂が成長したようなの」とクリスがもう一度言った。

彼はバッグを開き、タバコを取りだして火をつけてから言った。

「だれもが遠くを見ることが出来る。でも、我々はいつも自分に一番近いものしか見ていない。下を見たり、心の中だったり。だから、自分の力を縮小させてしまうのだ。君の言葉を使えば、魂が縮こまることになる。なぜなら、我々の魂は自分だけにしか関心がないからだ。海も山も他の人々も関係がない。自分の住んでいる家の壁にさえ、関心がないのだ」

パウロは「私の魂が成長した」という表現が嬉《うれ》しかった。もし、トラディションの仲間と話していたら、もっとずっと複雑な説明を聞かされるに違いなかった。たとえば、「私の意識が拡大した」というような表現だっただろう。しかし、自分の妻が使った言葉の方がずっと的を射ていた。

彼はタバコを吸い終わった。湖まで行くと言い張るのは馬鹿げていた。気温はすぐに日陰でさえ華氏110度（摂氏約43・3度）に達するだろう。車はずっと遠くだったが、見えていた。1時間半あれば、車に戻れるだろう。

彼らは歩き始めた。砂漠と大きく広がる地平線に囲まれて、自由の感覚が二人の魂の中で成長し始めた。

「服を脱いでしまおうよ」とパウロが言った。

「でも、誰かが見ているかもしれないわ」とクリスが反射的に答えた。

パウロは笑った。彼らは周りを何マイルも見渡せた。前の日に午前も午後もずっと歩いていたが、二台の車としか出会わなかった。しかもその時も、車が現れるずっと前から、近づいてくる音が聞こえた。砂漠にあるものといえば、太陽と風と静寂だけだった。

「僕たちの天使が見ているだけだ」と彼は答えた。「それにもう天使たちは我々が裸でいるのは何度も見ているよ」

彼は短パンとシャツを脱ぎ、水筒もはずすとそれらをバッグの中に詰め込んだ。

クリスは必死で笑いをこらえていた。彼女も服を脱いだ。数分後、彼らは運動靴と帽子とサングラスだけをつけ、モハベ砂漠を横断する二人となった。そのうちの一人がバッグを持っていた。もし誰かがこの二人を見たとしたら大仰天したことだろう。

＊＊＊

彼らは半時間歩いた。車はまだ、地平線上にある一つの点だった。しかし、湖の時とは違って、彼らが近づくとそれは少しずつ大きくなっていた。まもなく、自動車のところに戻れるだろう。

突然クリスはひどい疲れを感じた。

「2、3分間、休みましょうよ」と彼女は言った。

パウロはすぐに立ち止まって言った。「僕はもうこのバッグを持てない。すごく疲れてしまった」

バッグを持てないなんてパウロはどうしたの？　その中にはいろいろ入っていても全部で6ポンドか7ポンドしかないのに。

「そのバッグ、持っていかなければだめよ。中に水が入っているわ」

そうよ、そのバッグは必要だわ。

「それなら、休まずにゆこう」と彼はイライラして言った。

2、3分前までは全てがとてもロマンチックだったのに、とクリスは思った。でも、彼は今、イライラしている。そんなこと忘れよう。彼女も疲れていた。

二人はもう少し歩いた。しかし、彼らの疲労はひどくなるばかりだった。できればもう何も言うのはやめようと彼女は思った。もっと悪い状況にはしたくなかった。なんて馬鹿なの、と彼女は思った。こんなに美しいところで、しかも二人で、あんなにも興味深いことを話していたすぐ後に、イライラするなんて……

でも、彼女は何を話していたのか思い出せなかった。でもそれもどうでもよかった。今、あまりにも疲れていて、何も考えられなかった。

パウロは立ち止まり、バッグを砂の上に置いた。

「休もうよ」と彼は言った。

彼はもうイライラしていないようだった。彼もまた疲れているに違いない。彼女と同じように。

どこにも日陰はなかった。しかし、彼女は休む必要があった。

彼らは熱い砂の上に座った。裸でいることも、地面が焼けるように熱いことも、もうどうでもよかった。彼らは止まらざるを得なかった。少しの間だけでも。

彼女は自分たちが何のことを話していたかを思い出した。地平線についてだった。

彼女は今、そう思いたいと思わなくても、自分の魂が成長したことに気がついていた。そして、彼女の第二の心は全く働くのを停止したようだった。メロディも繰り返していた考えも無くなっていた。それに、裸で砂漠を歩いているところを誰かに見られたとしても気にならなかった。

重要なことは何もなかった。彼女はリラックスし、心配もなくなり、自由を感じた。二人は黙ってそこに2、3分座っていた。暑かったが太陽は気にならなかった。暑くなりはじめても、二人は十分、水を持っていた。

彼が最初に立ち上がった。

「歩き続けた方がいいと思う。もう車までそんなに遠くない。車に着けば、エアコンの中で休めるから」

彼女は眠たかった。少し昼寝がしたかった。しかし、とにかく、立ち上がった。

彼らはさらに少し歩いた。今や、車が近くなってきた。もうあと10分もしないで車に着くだろう。

「もうすぐなのだから、ちょっとだけ眠ろう。5分間だけでも」

5分間眠るだって？ 彼はどうしてそう言うのだろう。彼は彼女の心を読んでいるのだろうか？ 5分間だけなら眠っても大丈夫だろう。まるでビーチに行ってきたみたいに日焼けすることができるだろう。

二人は再び座った。休んだ分を入れないで、半時間歩いていた。5分間やそこら眠ったとしてもいいだろう。

モーターの音が聞こえた。30分前ならば、彼女は急いで立ち上がり、あわてて服を着たことだろう。しかし、今はどうでもよかった。そんなことは一向にかまわなかった。見たいという人には見させましょう。彼女にとってはなんの変わりもなかった。彼女はただ、眠りたいだけだった。

パウロとクリスは一台のトラックが道路をこちらにやってくるのを静かに眺めていた。トラックは彼らの車を通り過ぎると、そこで停まった。一人の男がトラックから降り、彼らの車のところに歩いていった。彼は中を確かめると、車の周りを回って、あらゆることを調べていた。

泥棒かもしれない、とパウロは思った。彼はその男が車を盗み、彼らを砂漠に置き去りにして、自分たちが帰れなくなってしまうことを想像した。鍵《かぎ》は車に付けたままにしてあった。鍵をぬいて持ってゆくと、失《な》くすのではないかと心配だったからだ。でもここはモハベ砂漠だった。ニューヨークであったら、そういうことも起こりうるかもしれなかった。しかし、ここでは車を盗む人はいなかった。

クリスは砂漠を眺めた。砂漠は金色に光り、美しかった。黄金色だった。夕日の頃のピンク色とは違っていた。

リラックスして、心地よい感覚が彼女の身体全体にしみわたった。太陽は彼女を悩ませはしなかった。人は日中の砂漠がどんなに美しいか知らないのだ！

男は車を調べるのをやめ、手を自分の目の上にかざした。彼は二人を探していた。彼女は裸だった。きっと彼はそれを見たに違いない。でもそれがどうしたと言うの？　パウロも少しも気にしていないようだった。

その男は二人の方へ歩き始めた。二人は身体が軽くなり、幸福感がましてきた。しかし、疲れきって動くことが出来なかった。砂漠は黄金色で美しかった。全てが平和で澄み渡っていた。天使たち、そう、天使たちが間もなく現れるだろう。彼らが砂漠に来たのはそのためだった。自分たちの天使と話すためだった。

彼女は裸だった。でも少しもはずかしくなかった。

その男性は二人のところに来て立ち止まった。彼は何語をしゃべっているのだろうか？　二人は彼が何を話しているのか理解出来なかった。

パウロは自分が何を聞いているのか分かろうとした。そしてその男が英語を話していることに気がついた。何のことはない。彼らはアメリカにいるのだ。

「私と一緒に来なさい」とその男は言った。

「私たちは休みたいのです」とパウロは言った。「5分間でいいですから」

その男はバッグを拾い上げると、中を開けた。

「これを着なさい」と彼はクリスに彼女の服を渡しながら言った。

彼女は力をふりしぼって立ち上がった。そして彼の言葉に従った。

彼女はあまりにも疲れていて、反論できなかった。

彼はパウロにも同じように命じた。パウロも疲れすぎていて、さからうことは出来なかった。その男は水筒に水がいっぱいあるのに気がついた。そのうちの一本を開けると、カップについで二人に飲むようにと命じた。

彼らはのどが渇いていなかった。しかし、男が言うようにした。

二人は全く落ち着いていた。そして、二人にとって、世界は完全に平和だった。そしてさからいたいという気持ちは全く起こらなかった。

二人は言われたことは何でもしただろう。彼らをそのまま平和にしておいてくれさえすれば、どんな命令にも従っただろう。

「さあ、歩こう」と男は言った。

彼らは考えることすら出来なかった。彼らはそこに座り込み、砂漠をじっと見つめていた。その見知らぬ男が自分たちをそのままにしておいてくれさえすれば、どんなことでもするだろう。

ところが男は二人を車のところまで連れてゆき、車に乗るようにと言った。そしてエンジンをかけた。僕たちをどこに連れてゆくのだろうとパウロは思った。しかし、心配はしなかった。世界は平和であり、今したいのは眠ることだけだった。彼の天使は間もなく、確実に現れるだろう。

＊
＊
＊

パウロは胃のむかつきを感じて目を覚ました。そして、ひどい吐き気を感じた。

「もうちょっとだけ、横になっていなさい」

誰かが彼に話しかけた。しかし、彼の頭の中は混乱しているだけだった。彼はまだ全てが穏やかで平和な金色の天国を覚えていた。

彼は動こうとした。すると、何千本もの針が頭に突き刺さるように感じた。

もう一度、眠ったほうがいい、と彼は思った。しかし、眠ることは出来なかった。針が寝させなかった。そして、彼の胃はまだむかむかしていた。

「吐きたい」と彼は言った。

目を開けると、彼は自分がミニマーケットのようなところに座っていることを知った。ソフトドリンクが並んだいくつかの冷蔵庫と食べ物が並んでいる棚が見えた。食べ物を見ると、再び、吐き気が襲ってきた。その時、近くに今まで見たことのない男がいることに気がついた。

その男が、彼が立ち上がるのを助けてくれた。想像上の針が頭に突き刺さっているだけでなく、彼の腕にも針が刺さっていることにパウロは気がついた。腕に刺さっている針は本物だった。

その男は針がぬけないように支えて、パウロがトイレに行くのを助けてくれた。トイレの中に彼は水のようなものを吐いたが、それ以上は何も吐かなかった。

「何が起こっているの？　この針は何のため？」

クリスがポルトガル語でつぶやいていた。彼が店に戻ってくると、彼女もそこに座っていて、彼女の腕にも針が刺されていた。

パウロは少し気分が良くなっていた。そして、男に支えてもらう必要はもう無かった。男はクリスを支えてトイレに行った。そこで彼女は吐いた。

「あなたたちの車を使って私の車を取ってきます」とその見知らぬ男は言った。「私はそこに、鍵をつけたまま車を置いておきます。元気になったら、そこまで誰かに乗せてもらって行ってください」

パウロは何が起こったのか、思い出し始めた。しかし、むかつきが戻ってきたので、もう一度、吐かなければならなかった。

パウロがトイレから戻ってきた時、男はすでにいなかった。しかし、17歳か18歳ぐらいの少年がそこにいた。

「あと1時間ぐらいで溶液がなくなったら、あなたたちは行って大丈夫ですよ」

「今、何時ですか？」

その少年は時間を告げた。パウロはなんとかやっと立ち上がった。彼には約束があった。それに行かないわけにはいかなかった。

「ジーンに会わなければならない」と彼はクリスに言った。

「座ってください。溶液がなくなるまでです」

その注意は必要なかった。パウロはドアのところに歩いてゆく力もなければ、歩いてゆきたいとも思わなかった。

約束を破ってしまった、と彼は思った。しかし、今は何もかも、どうでもよかった。そのことを考えなければ考えないほど、よいのだ。

＊＊＊

「15分とかかりませんよ。それだけです。何が起こっているか分からないまま死んでしまうのです」とジーンは言った。

彼らは古いトレーラーに戻ってきたのだった。それは次の日の午後のことで、周りの景色全体がピンク色に染まっていた。前日の砂漠の様子とはまったく違っていた。昨日は金色、平和、吐き気、それと嘔吐《おうと》だった。

彼らは24時間食べることも、眠ることも出来なかった。何かを食べようとすると、何もかも吐いてしまうのだった。しかし、今はあの奇妙な感覚もなくなっていた。

「あなたの地平線が拡大したことはとても良かった。あなたが天使について考えたことも良かった。天使が現れたのですよ」

パウロは「あなたの魂が成長した」と言ってもらった方が良かったと思った。それに、現れた男は天使なんかじゃなかった。彼は古いトラックを持っていたし、英語を話していた。

「では行きましょう」とジーンは言って、パウロに車を出すように促した。彼は助手席に座った。車に乗る時、何の儀式もしなかった。クリスはぶつぶつとポルトガル語でつぶやきながら、後ろの席によじ登るようにして乗り込んだ。

ジーンが指示し始めた。あそこの道を数マイル行ってください、速く走ってください。車の中が涼しくなりますからね。モーターがオーバーヒートしないようにエアコンは止めましょう。何回か、彼らは砂漠の細い土の道から外れて砂漠の中に入った。しかし、ジーンは自分が何をしているかを知っていた。彼は二人が犯したのと同じ失敗はしなかった。

「昨日は何が起こったのかしら？」とクリスはもう百回目にもなる質問をした。ジーンが自分に質問してほしいと思っているのを彼女は知っていた。彼はすでに自分の守護天使と会ったことがあったが、自分と同世代の若者と同じように行動していた。

「太陽発作ですよ」と彼は説明した。「あなた方のどちらかでも砂漠に関する映画を見たことがなかったのですか？」

もちろん、彼らは見たことがあった。のどが渇いた男たちが一滴の水を探して、砂の中をさまよう映画だ。

「私たちは少しものどが渇いたとは感じなかった。二本の水筒には水が全部残っていたでしょ」

「私が話しているのはそのことではありません」とアメリカ人は言葉をさえぎった。

「あなたたちの服のことです」

服のことなのだ！　アラブ人たちは長いローブやフードを何枚もかぶっていた。もちろん、自分たちはなんと馬鹿だったのだろう！　パウロはすでにそのことを聞いていた。しかもすでに他の三つの砂漠を歩いたことがあった。そしてその時は服を脱ぎたいなどと思ったこともなかった。しかし、ここでは、あの朝、どうしてもたどりつけないように見える湖にイライラしてから……どうしてあんな馬鹿げた思いに取り付かれてしまったのだろうか、と彼は思った。

「あなたたちが服を脱いだ時、身体から水分がたちどころに蒸発し始めたのです。あなたたちは汗もかかなかった。空気がすごく乾いているからです。15分で、二人とも、脱水症状を起こしていたのです。のどの渇きも何もありません。すこし判断力が鈍ったと感じるくらいです」

「あの疲労感は？」

「あの疲労感は死が近づいていたということです」

死が近づいていたとはぜんぜん知らなかったわ、とクリスは自分に言った。もしいつか簡単にこの世を離れる方法を選ばなくてはならない時が来たら、ここに戻ってきて、この砂漠の真ん中で服を脱ぐだろう。

「砂漠で死ぬ人のほとんどは水筒に水を残したまま死にます。脱水症状はあっという間にやってくるので、まるでウィスキー一本を丸呑《まるの》みしたか、トランキライザーを飲みすぎたかのように感じるのです」

今からはのどが渇いていなくても、水を定期的に飲むようにしてください、と彼は言った。身体が水を要求しているからだ。

「でも天使が本当に現れたのですよ」とジーンは言った。

パウロが自分の考えを言う暇もなく、ジーンは彼に崖《がけ》の下で車を停めるようにと言った。

「ここで降りましょう。あとは歩いてゆきます」

彼らは崖の頂上まで続く細い道を歩き始めた。あまり遠くに行かないうちに、ジーンは車から懐中電灯を持ってくるのを忘れたことに気がついた。彼は車に戻ると懐中電灯をとり出して、しばらく車のフードの上に腰掛けて砂漠をじっと見つめていた。

クリスが言っていたことは正しい。孤独が人を変にする。彼はおかしな振る舞いをしている、とパウロは下にいる若者を見ながら思った。

しかし、すぐに、ジーンは再び小道を登ってきた。そして、彼らはまた登り始めた。あまり大した苦労もなく、40分歩いてから、彼らは頂上に着いた。そこには植物が少しだけまばらに生えていた。ジーンは二人に北側を向いて座るようにと言った。普段はゆったりと親し気な彼の態度が変わった。今は幾分よそよそしく他人行儀になり、何かに懸命に意識を集中しているかのように見えた。

「あなたがた二人は、ここに天使を探しにやってきました」彼は二人のそばに座りながら言った。

「そのためにここに来ました。あなたがたがもう天使と話したことがあるのも知っています」とパウロは言った。

「私の天使のことは忘れなさい。この砂漠にいる多くの人たちはすでに天使と会い、または天使と会話をしています。都会の人や海の人、山にいる人たちの多くも同じです」

彼の声にはイライラした響きがあった。

「あなたの守護天使について考えてください」彼は続けて言った。「私の天使はここにいて、私は見ることが出来るからです。ここが私の聖なる場所です」

パウロとクリスは共に、砂漠に来た最初の夜のことを考えていた。そして自分たちの天使についてもう一度想像をめぐらした。天使は古代の服を着、羽があった。

「あなた方はいつも聖なる場所をもたなければなりません。私の聖なる場所はある時は小さなアパートの部屋でした。また、別の時にはロスアンジェルスの広場でした。今はこの場所です。聖なる賛美歌が天国の門を開き、天国が現れます」

二人はジーンの聖なる場所をぐるりと見回した。岩と硬い土があり、砂漠の植物が生えていた。おそらく、夜ともなれば、ヘビやコヨーテたちもここを通り過ぎるのだろう。

ジーンはトランス状態になっているように見えた。

「私が最初に私の天使を見ることが出来たのはここでした。天使はどこにでもいることや、天使の顔は私の住んでいる砂漠の顔や、18年間住んでいた町の顔であることを知ってはいましたが。

私が私の天使と話すことが出来たのは、天使がいると信じていたからです。そして自分の天使を愛していたからです」

クリスもパウロも彼と天使が何について話したのかはあえて聞こうとはしなかった。

ジーンは続けた。「だれもが、見えない世界にいる四種類のちがう存在とコンタクトすることが出来ます。四元素の精霊、死者の霊、聖人、そして天使です。四元素の精霊とは自然の物質の波動のことです。火と土と水と空気です。彼らとは儀式を通じてコンタクトをします。これらは純粋な力です。地震、稲妻、火山などです。私たちが彼らを何かの存在物として理解する必要があるので、彼らは伝統的に小人や妖精《ようせい》、とかげなどの姿をして我々の前に現れます。でも私たちに出来ることは四元素のパワーを使うことだけです。彼らから学ぶことはありません」

彼はどうしてこんなことばかり言うのだろう？　とパウロは思った。彼は僕も魔術のマスターだということを忘れてしまったのだろうか？

　ジーンはなおも説明を続けた。「死者の霊とは一つの人生から次の人生に行くまでの間さまよっている霊たちです。私たちは霊媒を通して彼らとコンタクトします。偉大なマスターの霊もいますが、私たちは彼らが教えていることを地上でも学ぶことが出来ます。彼らの知識はこの地上で学んだことだからです。だから彼らを次の段階に向かって進ませておいて、私たちは地平線を眺め、この地上で、彼らが学んだのと同じ智恵をここで得ればいいのです」

　パウロはこうしたことは全部知っているに違いない、とクリスは思った。ジーンはおそらく私に言っているのだろう。

＊＊＊

　そう、ジーンはクリスに向かって話していた。彼がここにいるのは、彼女がここにいるからだった。パウロに彼が教えられることは何もなかった。パウロは彼よりも20歳も年上で、ずっと経験も豊富だった。パウロが自分の力で彼の天使と話す方法を見つけることが出来るのは確実だった。パウロはJの弟子のひとりであった。Jのすごさについてはジーンはすでにいろいろ聞いていた。ジーンはこのブラジル人から話を聞きたくて、いろいろな方法を試みたのだが、この女性がそれをダメにしたのだった。彼はJが用いている技法や手法、そして儀式などを何も学ぶことが出来なかった。

最初の出会いに彼はとてもがっかりしたのだった。彼はこのブラジル人は先生の知識を何も学んでいないくせにJの名前を利用しているのかと思った。さもなければ、もしかしてJがはじめて弟子の選定を誤ったのかもしれなかった。そしてもしそれが本当ならば、トラディションの会員全体がすぐにそのことを知ってしまうだろう。しかし、彼らが会ったその日の夜、夢に彼の守護天使が現れた。

彼の天使は、彼女を魔法の道に導くようにと彼に頼んだのだった。最初の入り口に導くだけでよいのだ。そうすれば、彼女の夫があとは面倒を見るだろう。

その夢の中で、自分はすでに彼女に第二の心について教え、地平線を見るようにと頼んだとジーンは言い張った。しかし天使は、その男性に注意を向けるべきであるが、彼は女性の世話をすべきなのだと言った。そして天使は消えた。

ジーンは言いつけに従うように、よく訓練されていた。そして、彼は今や、天使の命ずることをしていた。そして彼は天使にそれを上から見ていてほしいと思った。

＊

「死者の霊の次には」とジーンは言った。「聖人が現れます。彼らは本当のマスターです。彼らはある時代、私たちと一緒に地上に住んでいたことがありますが、現在はもっと光に近い存在です。聖人たちの偉大な教えはこの地上での彼らの人生です。そこには私たちが知る必要のあるすべてのことが含まれています。私たちがしなければならないことは、彼らのように生きることだけです」

「どうしたら、聖人を呼び出すことが出来るのですか？」とクリスは聞いた。

「祈りを通してだよ」とパウロがジーンをさえぎって答えた。

パウロはジーンに嫉妬《しっと》しているわけではなかった。しかし、そのアメリカ人がクリスに好印象を与えようとしていることは、パウロにははっきりとわかっていた。この男がトラディションを尊重していることは確かだ。彼はこの自分と親しくするために妻を使おうとしている。でもどうしてこうも基礎的なことばかりを話すのだろう？僕はこんなことはもう知りつくしているというのに、と彼は思った。

「絶えず祈ることによって、聖人を呼び出せるのだ」とパウロは続けた。「彼らが近くにいると、全てが変わる。奇跡が起こるのだ」

ジーンはこのブラジル人の敵対的でほとんど攻撃的な口調に気づかざるを得なかった。しかし、彼は夢の中で見た天使については何も言うつもりはなかった。彼はこの男に説明する義務も義理もないからだ。

「最後は、天使です」とジーンは言った。

パウロはほかのことはいろいろ沢山知っているようだが、この部分については知らないだろう。ジーンはしばらく言葉をとめた。彼は無言で祈った。彼は天使のことを思った。そして、天使が自分の祈りのすべての言葉を聞いてくれるようにと願った。彼は天使にどうぞはっきりと説明出来るように助けてください、とお願いした。うまく説明するのは、とてつもなく難しいからだった。

「天使は活動する愛です。彼らは決して休みません。彼らは成長しようとがんばっています。そして、彼らは善悪を超越しています。愛はすべてを焼き尽くします。すべてを滅ぼします。そして、すべてを許します。天使はその愛から出来ています。そして同時に愛のメッセンジャーでもあります。

絶滅の天使の愛が、ある日私たちを連れ去り、守護天使の愛が私たちの魂をつれもどします。これが活動している愛です」

「戦いの愛ね」とクリスが言った。

「平和の中に愛はありません。平和を願うものは負けます」

こんな少年にどうして愛がわかるの？　砂漠に一人で住んでいて、恋をしたこともないのに、とクリスは思った。一方、彼女はどんなに一生懸命に考えてみても、愛が平和をもたらしてくれた瞬間を思い出すことが出来なかった。愛はいつも、苦しみ、強烈な喜び、そして深い悲しみを伴っていた。

ジーンは二人のほうを向いて言った。「少しの間、静かにしましょう。私たちの天使が静寂の向こうにある愛を聞けるように」

クリスはまだ愛について考えていた。そう、この少年の言っていることは正しいように思えた。しかし彼の知識が理論だけにすぎないことは確信していた。愛は私たちに死が近づいた時にやっとやってくる。とても不思議だわ。彼女が今体験していることはなんと不思議なことなのだろうか。特に魂が成長した感覚は不思議だった。

それまで、彼女はパウロに何かを教えて欲しいと頼んだことはなかった。彼女は神を信じていた。それで十分だった。彼女はパウロの探求を尊重していた。しかしあまりにも夫の近くにいたためか、あるいは彼にも他の男性と同じような欠点があると知っていたからか、パウロの探求に興味を持ったことがなかった。

しかし、ジーンに会うのは初めてだった。彼は「地平線を見なさい。あなたの第二の心に注意しなさい」と言った。そして、彼女はそうしたのだった。いま、彼女の魂が成長して、それがどんなにすばらしいことか、そしてどれほど自分が時間を無駄にしていたか、彼女は発見しつつあった。

「私たちはなぜ、天使と話す必要があるの？」と沈黙を破って、クリスが質問した。

「話すことによって発見するためです」とジーンが答えた。

ジーンはその質問を嫌がらなかった。もし、彼女が同じ質問をパウロにしていたとしたら、彼は怒ったことだろう。

彼らは『父なる神』と、『アヴェ・マリア』の祈りをささげた。その後、アメリカ人は、戻りましょうと言った。

「これだけ？」とパウロはがっかりして言った。

「あなたたちをここにお連れしたのは、守護天使に言われたことを私がちゃんと実行したのを、守護天使に見てもらうためです」とジーンは答えた。「あなたたちに教えることは他に何もありません。もしもっと学びたいのでしたら、ヴァルキリーズを探してください」

＊＊＊

三人は居心地の悪いほど押し黙って帰り道をたどっていた。ジーンが曲がる角を示す時に、沈黙が破られるだけだった。誰も話す気分ではなかった。パウロはジーンが自分をだましたと思っていた。クリスはパウロが自分のした質問に怒っていると思い、自分が全てを台無しにしてしまったと感じていた。ジーンはこのブラジル人たちを失望させたのを知っていた。そしてそのために彼らはJのことも彼の魔法のことも話しはしないだろうと分かっていた。

トレーラーに着いた時、パウロが言った。「君の言ったことはひとつだけ間違っている。私たちが昨日会ったのは天使ではない。トラックを運転していた男だ」

一瞬、答えはないだろうとクリスは思った。二人の男の間の敵意がどんどん強くなっていた。アメリカ人は向きを変えて、彼の家の方に歩き始めたが、突然足をとめた。

「父が話してくれた物語を話します」と彼は言った。「マスターと彼の弟子が一緒に砂漠を歩いていました。マスターは彼の弟子に、『いつも神を信頼するように、神はすべてを知っているから』と言いました。

夜になったので、砂漠に野営することにしました。マスターはテントを張り、弟子に馬を岩に繋《つな》ぐようにと言いました。しかし、岩のそばに立ったとき、彼はこう考えました。マスターは私のことをテストしているのだろう。神はすべてを知っていると彼は言った。そしてそのあと、私に馬を繋ぐようにと命じた。彼は私が神を信じているかどうか見ようとしているのだろう。

彼は馬を繋ぐ代わりに、長いお祈りをしました。そして、馬のことは神の思《おぼ》し召しにゆだねることにしました。

次の日、二人が目を覚ますと、馬たちはどこかに行ってしまっていました。がっかりして、弟子はマスターに不満を言いました。『もうあなたを信用できません。神様がなにもかも面倒をみてくれるなんてことはないではありませんか。神様は馬を見張るのを忘れてしまったのです』

『お前は間違っている』とマスターは答えました。『神様は馬の面倒を見ようとした。しかしそのためには、馬を岩に繋ぐためにお前の手を使う必要があったのだ』」

＊＊＊

若い男はトレーラーの外に掛かっている、小さなガスランプに火をつけた。その光は幾分、星の輝きを弱めた。

「私たちが天使のことを考え始めると、天使が現れ始めます。天使の存在がどんどん近くなり、より真実味を持ってきます。天使は初期の段階では、それまでもずっと私たちの人生でやってきたように、他の人間を通して現れます。

あなたの天使があの男を使ったのです。何かが彼に家を早く出発させ、彼のいつもの通り道を変えさせ、あなたが彼を必要とするちょうどその時間にそこにいるように、全てを変えたのです。あれは奇跡です。あれが普通のことだなんて思わないでください」

パウロは何も言わなかった。

「ほら」とジーンが説明した。「私たちが山に登ろうとした時、私が懐中電灯を忘れました」ジーンは続けた。「気がついたと思いますが、私は車のところにかなり長い時間、すわっていました。家を出る時、何か忘れものをすると、私の守護天使が活動しているのだと感じます。ほんの少しだけ、私を時間に遅れさせようとしているのです。このほんのちょっとした時間が重要な意味をもっています。それは私が事故にあわないようにしたり、誰か会わなければならない人に私を会わせたりするのです。

だから、いつも私は忘れ物を見つけてから、座って20、数をかぞえます。そのようにして、天使に活動する時間を与えるのです。天使はいろいろな道具を使うのです」

ジーンはパウロにほんのちょっとだけ、その場で待っているようにと頼んだ。彼はトレーラーの中に入ると、地図をもって出てきた。「最後にヴァルキリーズを見たのはこの場所です」

彼は地図の一点を指し示した。クリスは二人の間の敵意が消えてゆくのに気がついた。

「彼女の面倒をみてくださいね」とジーンは言った。「彼女があなたと一緒に来たことは良いことでした」

「僕もそう思う」とパウロは言った。「いろいろありがとう」

そして、彼らはさよならを言った。

＊＊＊

車を運転しながら、ハンドルをたたいて、パウロは言った。「僕はなんという馬鹿者だったのだろう」

「馬鹿って、どういう意味？　私はあなたが嫉妬《しっと》しているのだと思ったわ！」

しかし、パウロは上機嫌で、笑った。

「四つのやり方！　彼はそのうちの三つだけを話した。天使と会話するためには第四の方法がいるのだ！」

彼はクリスを見た。その目は発見した喜びに輝いていた。

「第四の方法は……チャネリングだよ！」

＊＊＊

砂漠に来てからほとんど10日が過ぎていた。二人は大地が傷口のように連続して裂けている場所で車を停めた。まるで歴史が始まる以前、川、それも無数の川がそこを流れていて、長くて深い水の涸《か》れた谷間を残したかのようだった。そしてそれは太陽の熱によって、さらに大きくなっていた。

こうした場所ではヘビやコヨーテはおろか、サソリでさえも生き延びることは出来なかった。どこにでもある回転草でさえ、生えることが出来なかった。この砂漠にはこのような場所がたくさんあって、バッドランド（悪い土地）と呼ばれていた。

パウロとクリスは巨大な傷口の一つに入っていった。土の壁は高く、見えるものと言えば、始まりも終わりもない曲がりくねった道だけだった。

二人はもはや、自分たちを傷つけるものは何もないと感じている無責任な冒険者でいるわけにはいかなかった。砂漠には砂漠のおきてがあった。そしてそのおきてを尊重しないものの命を奪った。彼らはどんなおきてがあるかすでに知っていた。ガラガラヘビのしゅるしゅるという音、そこに入って行っても安全な時間帯、前もってしておく安全措置など。バッドランドと呼ばれているその悪地に入る時には、自分たちがどこに行こうとしているかを書いたメモを車において行った。たった半時間ほどゆくだけなので、不必要で馬鹿げていると思えても、通りかかった車が停まって、誰かがメモを見て、二人がどちらの方向に行ったかわかるようにしたのだった。自分たちの守護天使が使う道具が働きやすいようにする必要があるのだ。

　二人はヴァルキリーズを探していた。しかし、そこにはいなかった。そこは世界の果てとも言うべき悪地で、生き物は長くは生きられなかったからだ。ただクリスにとってはいい修養の場所だった。

　彼らにはヴァルキリーズが近くにいるとわかっていた。なぜなら、二人はサイン(前兆)を見たからだった。ヴァルキリーズたちは砂漠に住んでいたが、一箇所に長くとどまりはしなかった。しかし、サインを残していた。

　パウロとクリスはすでに手がかりを掴《つか》んでいた。最初、彼らは小さな町のひとつひとつで車を停め、ヴァルキリーズについて尋ねてみた。しかし彼女たちの名前を聞いたものは誰もいなかった。ジーンが教えてくれた方角は全く役にたたなかった。おそらく、彼女たちはジーンが示した地図の場所をずっと以前に通り過ぎてしまったのだろう。しかし、ある日、バーで、二人は一人の少年と出会った。彼はヴァルキリーズのことを何かで読んだことがあると憶《おぼ》えていた。その少年はヴァルキリーズの服装と彼女たちが残したサインについて話してくれた。

それからは、少年に聞いた特徴を持つ服を着た女性たちを見なかったか、人々に聞き始めた。あるものはあからさまに不快な表情を示し、ヴァルキリーズは一ヶ月前、あるいは一週間前、あるいは三日前に通り過ぎたよと答えた。

ついに二人はヴァルキリーズがいるらしい場所からほんの一日の距離の場所に到着した。

＊＊＊

太陽はすでに地平線近くにあった。その時間にならなければ、彼らは砂漠に出て行く危険はおかさなかった。土の壁が影を落としていた。そこは完璧《かんぺき》な場所だった。

クリスはまた最初からそれを繰り返すのは耐えられなかった。しかし、しなくてはならなかった。まだ何も成功していなかったからだ。

「そこに座りなさい。太陽に背中をむけて」

彼女はパウロから言われたとおりにした。すると、彼女はすぐに自動的にリラックスし始めた。彼女は足を組んで座り、目を閉じた。目を閉じていても、自分の周り全体に砂漠を感じることが出来た。彼女の魂は砂漠に来て以来ずっと大きくなっていた。

それと共に、自分の世界が広がったことを知っていた。それは二週間前よりも、さらに大きくなっていた。

「第二の心に意識を集中しなさい」と彼が言った。

クリスは彼の声の調子に遠慮を感じた。彼はクリスに対しては他の弟子にするのと同じように厳しくは出来なかった。なんと言っても、クリスは彼の欠点や弱点を知っているのだ。しかし、パウロはマスターらしく振る舞うために最大限の努力はしていた。そして彼女はその点に関して彼を尊敬していた。

彼女は第二の心に意識を集中した。そしてすべての思いが心にやってくるのを許した。いつものように、それらは砂漠の真ん中にいる人間としては考えられないほど馬鹿げた思いだった。このところ三日間、この練習をすると彼女の思考はいつも自動的に、これからまだ三ヶ月も先の彼女の誕生日にだれを招待すべきかということを、あれこれ心配しているのだった。

しかし、パウロはそれは気にしないようにと言った。そして彼女にその思いを自由に流れるままにするようにと教えた。

「最初から、もう一度やってみよう」と彼は言った。

「私はパーティーのことを考えています」

「思考とたたかってはいけない。君の思考のほうが君よりもずっと強いからね」とパウロはもう千回も言っていた。「その思いを無くしたかったら、その思いを受け容《い》れなさい。思考が君に考えてほしいと思っていることを、思考が疲れてしまうまで、ずっと考えていなさい」

彼女は招待者のリストを何度も考えた。何人かは招《よ》ばないことにし、その代わりに他の人を加えた。これが最初のステップだった。第二の心が疲れはてるまで、第二の心に注意を向けること。

今では、誕生日のお祝いのことは以前よりも早く消えるようになった。しかし、彼女はなおもリストを作り続けていた。このような問題が何日も彼女の注意を要求するなど、信じられなかった。もっとおもしろいことを考えることも出来るのに、何時間も彼女の心を占拠していたのだ。

「疲れるまで考えなさい。疲れたら、チャンネルを開きなさい」

パウロは妻のいる場所から離れて、土の壁に寄りかかった。ジーンは真剣な探求者だった。そして他のマスターの弟子には教えてはならないという規則をとても厳格に守っていた。しかしクリスを通して、彼はパウロが必要としていたヒントをすべて与えてくれたのだった。

見えない世界と交信する第四の方法はチャネリングだった。

チャネリング！　交通渋滞のさ中、車に乗っている人たちが、自分が最高に洗練された魔術的な行為の一つを実行しているとは知らずに自分自身に話しかけているのを、彼は何度見たことだろうか！　しかし、これは非常に単純な方法であり、ただ静かな場所に座って、自分の心の底から出てくる思いに集中するだけでよいのだ。

チャネリングは一般的にとても底の浅い行為だと思われている。しかし、それは全くちがう！　人類の歴史が始まって以来、もし神と交信したければ、魂の中に場所を作らなければならないということをずっと人々は知っていた。彼らは霊的なエネルギーが現れるのを許し、見える世界と見えない世界を繋《つな》ぐ橋を作らなければならなかった。

どうしたら、人はそのような橋を作ることが出来るのだろうか？　種々の神秘的なやり方は一様に『無になる』ことが大切だと言っている。リラックスして、心を空にすると、魂から流れ始める素晴らしい宝物にびっくりすることだろう。インスピレーションという言葉は、まさにそのことを意味している。未知の源から知恵を飲むことを許し、気を取り入れることなのだ。

チャネリングによってスピリットと交信する間も、意識をなくす必要はなかった。人々が未知の世界に飛び込むために使える、とても自然な方法だった。チャネリングは、聖霊や、世界の魂、あるいは覚醒《かくせい》したマスターたちと交信することを可能にした。しかも儀式も結社に加入することも、必要としなかった。見えない世界への橋があり、その橋を恐怖なしに渡ることができることを、誰もが潜在意識で知っていたのだ。

人はみな気がつかないうちに、そのようなことを試みている。自分が今まで考えたこともない話をしたり、「私もどうしてこんなことを言うのかわからないけど」というアドバイスを人にあげたり、意味をなさないように見えることをしたりして、自分でびっくりすることが誰にでもあるものだ。

また、人は誰でも、雷や沈んでゆく夕陽など、自然が起こす奇跡を見て時を過ごすのが好きだ。宇宙の智恵と接触し、本当に大切なことは何かを考える入り口だからだ。

しかし、そんな時に見えない壁が立ちはだかる。第二の心である。

第二の心はそこにいて、同じ思考を繰り返し、あまりたいせつでない問題にこだわり、メロディを繰り返し、お金のことや未完の情熱を次々と浮上させて、先に進むことを拒むのだ。

パウロは立ち上がるとクリスの傍に行った。

「我慢しなさい。第二の心が言わなくてはならないことを全部聞いてやりなさい。答えてはいけない。議論してもいけない。そのうち第二の心が疲れはてるから」

実はすでに興味を失っていたが、クリスはもう一度招待者リストを調べなおした。

調べ終わると、彼女はそれに終止符を打った。

そして、彼女は目を開けた。

彼女は大地の傷口の中にいた。彼女の周りを静止した空気が取り囲んでいた。

「チャンネルを開きなさい。話し始めなさい」

さあ、話しなさい！

彼女は、はっきり自分の意見を言うのも、奇妙な愚か者に見えるのも怖れていた。自分が言ったことを人はどう思うかを知ることも怖かった。なぜならば、他人は自分よりももっと能力があり、もっと頭が良いように思えたからだ。彼らは常に何事に対しても答えを知っているような気がした。

しかし、今、彼女はここで意味がないことでも、馬鹿げたことでも、口に出して言う勇気を持たなくてはならなかった。パウロは話すことが一つのチャネリングのやり方であると説明していた。第二の心を征服しなさい、そして、宇宙にしたいようにさせるのだ。

その全部をしたいと思って、彼女は頭を前後にゆすった。すると突然、彼女は奇妙な音を出したくなった。そしてそのようにした。それはおかしなことではなかった。彼女は自分のしたいようにして良いのだ。

彼女にはそれらがどこからやってくるのかわからなかった。しかし、自分の中から来るようだった。魂の底からやってきて、正体をあらわすような感じだった。ときどき、彼女の第二の心が心配を携えて戻ってきた。クリスは出てくるものをきちんと整理しようとしたが、そのままがあるべき姿だった。そこには論理も判断もなかった。ただ、戦士が知らない世界へ踏み出す時の喜びがあった。彼女は心からの純粋な言葉を話す必要があった。

パウロは黙って聞いていた。クリスは彼の存在を感じていた。彼女の感覚はすべて目覚めていたが、彼女は自由だった。彼がどう考えようと、かまわなかった。彼女は自然とわきあがる身体の動きと共にしゃべり続けなくてはならなかった。そして、奇妙なメロディを歌った。確かに、すべてが何かの意味を持っているに違いなかった。なぜならば、彼女は今までこのようなメロディも言葉も動きも、一度も体験したことがなかったからだ。それは難しかった。彼女は見えない世界と実際以上にうまく繋がっているように見せたいという気持ちから、自分がファンタジーを作り上げているのではないかと怖れていた。しかし、彼女はその恐怖を克服し、さらに前へと進んだ。

今日はいつもと違うことが起こっていた。彼女は最初の時のように義務感からしていたのではなかった。彼女は楽しんでいた。そして安心感を持ち始めていた。安心感が波のように前後に打ち寄せていた。そしてクリスは懸命になって、それと共に進んだ。

波を自分に引き寄せておくために彼女は話していなければならなかった。心に浮かんでくるものはなんでも声に出して言った。

「私は大地を見ています」彼女の声はためらいがちだったが落ち着いていた。彼女の第二の心が時々現れては、パウロはこのこと全部がおかしいと思っているよ、と言った。「私たちは安全な場所にいます。私たちは今夜はここにいて大丈夫です。ここに横になって星を見上げ、天使のことを話します。サソリもヘビもコヨーテも出てきません。

大地はある場所を自分のためにとってあります。そこには何者もよせつけません。このような場所では、表面を歩き回る何百万という生命体がいないので、大地はたった一人になれるのです。大地もまた、ひとりになる必要があります。彼女も自分自身を知る必要があるからです」

私はどうしてこんなことを言っているのかしら？　彼はきっと、私が、ひけらかしているのだと思うわ。私にはわかっているわ！

パウロはまわりを見回した。水のない川底は優しく、なめらかに見えた。しかし、命というものが全くない完全な孤独の恐ろしさをはらんでいた。

「祈りの言葉を言いなさい」とクリスが続けた。彼女の第二の心はもはや、ばかげたことをやっていると彼女に感じさせることは出来なかった。

しかし、彼女は突然、恐怖を感じた。どのお祈りをしたらいいのか、どのように続ければよいのかわからない恐怖だった。

彼女が恐怖を感じると第二の心が戻ってきた。それと一緒に、あざけりや、はずかしさ、パウロがどう思うかという心配が戻ってきた。なんといっても彼は魔術師であり、彼女よりずっと多くを知っていた、これら全部を偽物だと思うにちがいない。彼女は大きく息を吸い、そして、今という瞬間に、何も生えていない大地に、もう沈んでしまった太陽に意識を集中した。少しずつ、安心感の波が戻ってきた。それは奇跡のようだった。

「祈りなさい」と彼女はもう一度繰り返した。

それはこだまするだろう。
はっきりと、
空に向かって、
私がここにきて、
私が語るときに。

彼女はしばらく沈黙して、そこに座り、自分が全てを語りつくし、チャネリングが終わったのを感じた。彼女は彼の方を向いた。

「今日はとても深くまで入ったわ。今までこんなことが起こったことはなかった」

彼は彼女の顔を優しくなでると、キスをした。彼が哀れみからそうしたのか、称賛からそうしたのかは、彼女には分からなかった。

「行こう」とパウロが言った。「大地の望みを尊敬しよう」

おそらく彼は私にチャネリングを続けるように激励してくれているのだわと彼女は思った。しかし、彼女は何かが自分に起こったことを確信していた。彼女が自分で発明したのではなかった。

「あのお祈りは何？」彼がどう答えるのか怖れながら、彼女が聞いた。

「それは昔からの土地固有のチャンティングだ。オジブウエー族のシャーマンからのものだ」

彼がそんなことはたいしたことではないと言ったにもかかわらず、彼女は夫の博識を誇りに思った。

「どうして、こういうことが起こるのかしら？」

パウロはJのことを思い出した。Jは彼の著書の中で、錬金術の秘密について書いていた。「雲はすでに海を知っている川だ」しかし、彼は説明する気はなかった。彼は緊張していた。イライラし、自分がどうして砂漠にいるのかよくわからなかった。彼だって、彼はすでに自分の天使との会話の仕方なら知っているのだ。

＊
＊
＊

二人が車に戻った時、「君は『サイコ』という映画を見た？」とパウロはクリスに聞いた。

クリスはうなずいた。

「主役の女優が始まるとすぐシャワールームで死ぬ映画だ。僕は砂漠の最初の3日目で天使との話し方を学んでしまった。しかし、砂漠で40日間過ごすと自分に約束してきた。今更、自分で決めたことを変えるわけにはいかない」

「でも、まだヴァルキリーズのことがあるわ」

「ヴァルキリーズだって！　彼女たちに会わなくても生きてゆけるよ」

彼はヴァルキリーズを見つけられないことを不安に感じているのだわ、とクリスは思った。

「僕はもう天使との会話の仕方を知っている。それさえわかればいいんだ、それが重要なのだから」パウロの声は敵対的だった。

「私もそのことを考えていたの」とクリスは答えた。

「あなたはもう知っている、でも試してみようとは思わないのね」

それが僕の問題だ、とパウロは車を発進させながら、自分に言いきかせた。僕にはとても強い感情が必要だ。挑戦が必要なんだ。

彼はクリスの方を見た。彼女は途中で立ち寄った町で買った『砂漠で生き残る方法』という本を一生懸命に読んでいた。彼らはもう一つの広大な砂漠の平地を走っていた。その平地はどこまでも続いて終わりがないように見えた。

それは霊的な探求に限った問題ではない、とクリスと前方の道路を交互に見ながら、彼は考え続けた。彼は妻を愛していた。しかし、結婚には飽きはじめていた。彼は愛や仕事、人生でのほとんど全ての行動に、いつも何か強烈な情熱が必要だった。それは自然の最も大切な法則に反していた。それは全ての動きは時に休息を必要とするという法則だった。

自分のようなやり方を続けていれば、人生で長続きするものはないと彼には判っていた。人は自分が最も愛するものを殺す、とJが言ったことの意味を彼は理解し始めていた。

＊＊＊

二日後、彼らはグリンゴ峠に着いた。そこには一軒のモーテルと小さな店とアメリカ合衆国の税関の建物があるだけだった。メキシコとの国境線は町の中心からほんの数ヤードのところにあった。二人は国境線の上に両足を広げ、片方の足でアメリカを、もう一方の足でメキシコを踏みしめてスナップショットを撮った。

彼らは小さな店で、ヴァルキリーズのことを尋ねてみた。すると近くで簡易食堂を経営している女性が、その朝、『レズビアンの一団』を見かけたと言った。しかし、彼らはもう行ってしまったということだった。

「彼女たちは国境を越えてメキシコに行ったのですか？」

「いや、いや、彼女らはツーソンの方向へ行きましたよ」

二人はモーテルに戻ると、ベランダに座った。車は彼らのすぐ目の前に停めてあった。

2、3分すると「ごらん、車がすごく汚くなってしまった。僕が洗うよ」とパウロが言った。

「水を使って車を洗ったりしたら、モーテルの持ち主に怒られるわ。砂漠の中にいるのよ」

パウロは答えなかった。彼は立ち上がると、車の中からペーパータオルを取り出し、車のホコリを拭《ふ》き始めた。クリスは座ったままだった。

彼はやきもきしているわ。じっと座っていられないのね、と彼女は思った。「私はまじめにあなたに話したいことがあるの」と彼女は言った。

「君は君のやることを立派にしているよ、心配しなくてもいい」

と彼は答えた。彼はペーパータオルを次から次へと使っていた。

「私があなたと話したいのはそのことよ」とクリスはさらに言った。

「私はここに仕事をしに来たのではないわ。私がここに来たのは結婚がもうだめになりそうだと思ったからよ」

彼女も僕と同じように感じているのだ、と彼は思った。しかし、彼は清掃を続けた。

「私はいつもあなたの霊的な探求を尊重してきたわ。でも、私にも私のやり方があるの」とクリスは言った。「私はそれを続けてゆきます。あなたに、そのことを理解して欲しいのよ。私は教会のミサに通い続けるわ」

「ぼくだって教会にはゆくよ」

「でも、あなたがここでやっていることとは違うわ。あなたは神様と交信するのにこの方法を選んだけれど、私は違う方法を選んでいるのよ」

「知っているよ。それを変えようとは思わないよ」

「でもそのうち」……彼女は彼がどう答えるか分からないので、そこで大きく息を吸った。「でもそのうち、何かが私に起こったの。私も自分の天使と話がしたくなったの」

彼女は立ち上がると彼のところに行った。そして地面に散らばっているペーパータオルを拾い始めた。

「お願いがあるの」と彼女は夫の目をまっすぐに見ながら言った。

「私を道のまん中に置き去りにしないでね」

＊＊＊

ガソリンスタンドの隣に小さな簡易食堂があった。

二人は窓側の席に座った。早朝だった。世界はまだ静かだった。外は砂漠だった。広大で、表面は固くしまっていた。そして静寂があった。

クリスはボレゴスプリングスやグリンゴ峠、インディオを懐かしく思った。それらの場所には砂漠に顔があった。山や谷、また開拓者や征服者たちの物語があった。しかし、ここにはただ、何もない空間だけが広がっていた。それと太陽があった。太陽はまもなく、世界を黄色に変え、日陰の温度を華氏115度（摂氏約46・1度）以上に上げ、生命の存在を不可能にするだろう。

カウンターの向こうにいる男が注文をとった。彼は中国人で、ひどいなまりがあった。この国に長く住んではいないようだった。クリスはこの中国人をアメリカの砂漠の真ん中の食堂に連れてくるために、世界は何度、ぐるぐるまわったのだろうかと想像した。

二人はコーヒーとベーコンとトーストを注文し、そこに黙って座っていた。

クリスはその男の目を見た。その目は魂の成長した人間の目で、地平線を眺めているように見えた。

しかし、そうではなかった。彼は聖なる修養をしているわけでも、霊的に成長しようとしているわけでもなかった。彼の目は退屈のまなざしだった。彼は何も見てはいなかった。砂漠も、道路も、その朝早々とやってきた二人の客さえも見ていなかった。彼は必要な動きしかしなかった。コーヒーをコーヒーメーカーに入れ、卵を油で揚げ、「何にしましょうか？」と「ありがとう」しか言わなかった。彼の人生の意味はどこかに忘れ去られたか、あるいは木のない砂漠の無限の広がりの中に消えてしまったようだった。

コーヒーが来た。二人は飲み始めた。急ぐ必要はなかった。彼らはどこに行く予定もなかった。

パウロは外に停めた車を見た。二日前に磨いたのに、全然きれいになっていなかった。またほこりにまみれていた。

遠くの方から音が聞こえた。2、3分の間に、その日の最初のトラックが通り過ぎて行くのだろう。カウンターの向こうの男は、食堂の前を通り過ぎてゆく動き出した世界の一部になりたいと思って、退屈や卵やベーコンをそのままにして何かを見つけるために外へ出てみることはあるかもしれない。しかし、彼に出来ることはそこまでだった。世界が動いてゆくのを遠くからながめているだけだった。おそらく彼は、食堂を後にし、ヒッチハイクしてトラックに乗り込み、どこかへ行こうと夢見ることさえもはやしないだろう。彼は静寂と空虚さに中毒していた。

音は大きくなった。しかし、それはトラックのエンジンの音ではなかった。一瞬、パウロの心は希望に躍った。しかし、それはただの希望に過ぎなかった。それ以上の何ものでもなかった。彼はそのことについては考えないようにした。音はどんどん近くなって来た。クリスは何が起こっているのか、振り返って外を見た。

パウロはコーヒーをじっと見つめていた。彼女が自分の不安に気づきはしないかと怖れていた。

食堂の窓が音で振動してカタカタと少しゆれていた。カウンターにいた男はそれを無視しようとした。彼はその音を知っていた。そしてそれが好きではなかった。

しかし、クリスは魅了された。地平線が太陽の光を反射して、金属的な輝きを放っていた。——そして彼女の想像の中で——とどろきが植物やアスファルトや屋根や食堂の窓を震わせているかのようだった。

叫び声をあげて、ヴァルキリーズたちがガソリンスタンドに颯爽《さっそう》と走りこんで来た。まっすぐな道路、平らな砂漠、地を這《は》う草、あの中国人の男、天使を探している二人のブラジル人、そのすべてが彼女たちの出現に圧倒された。

＊
＊
＊

美しい馬に乗った女たちはくるりと方向転換すると、今度は逆廻《まわ》りするのを繰り返した。互いに危険なほど近くにいた。空を切って鞭《むち》を鳴らしながら彼女らは手袋をはめた手で器用に馬をあやつり、危険を上手に楽しんでいた。そして大声で叫んだ。まるで砂漠を目覚めさせ、自分たちは生きているぞ、朝になって嬉《うれ》しい、と言っているようだった。

パウロは目をあげて、魅了されて見つめていた。だが、心の内の恐怖は続いていた。おそらく彼女たちはそこには止まらないだろう。多分、カウンターにいる男に、命と喜びと夢はまだ生き残っているのだと思い出させようとしているだけなのだ。

突然、目に見えぬ合図に従い、動物たちが止まった。

ヴァルキリーズたちは降りた。彼女たちは黒い革ジャンをたたいてほこりをはらい、砂漠のほこりを吸わないために山賊のように顔全体を覆っていた派手な色のスカーフをとった。

そして、食堂に入ってきた。

8人の女性たちだった。

彼女たちは何の注文もしなかった。カウンターの男は彼女たちが欲しいものを知っているようだった。彼はすでに卵とベーコンとパンをホットグリルの上に載せていた。この騒動にもかかわらず、彼は始終、忠実なしもべのように見えた。

「どうしてラジオをつけてないの？」と一人が聞いた。

カウンターの男はラジオをつけた。

「もっと大きく」ともう一人が言った。

ロボットのように彼はラジオの音を一番大きくした。この忘れ去られたような食堂が突然マンハッタンのディスコに変わった。何人かの女が音楽に合わせて手をたたいてリズムを取った。他の女たちは喧騒《けんそう》の中で、大声で会話を続けた。

クリスはながめているうちに、一人の女がまったく動いていないことに気がついた。彼女は一番年上で、長いちぢれた赤い髪をしていた。彼女は会話にも加わらなければ、手をたたいてもいなかった。用意された朝食にも興味を示さなかった。

彼女はパウロをじっと見つめていた。パウロは左の手の上にあごを乗せて、その女の視線を受け止めた。

クリスは心をぐさりと刺されたように感じた。どうして彼はあのような姿勢で座っているの？　何かとても奇妙なことが起こっていた。このところ何日間も地平線を見ていたからか、それとも、チャネリングの練習をあまりにも熱心にしたからか、周りで起こっていることに対する彼女の見方は変わりつつあった。彼女にはずっと予感があった。そして今、それが目の前で起こっていたのだった。

彼女は二人が互いに見詰め合っていることに気づかぬふりをした。しかし、彼女のハートは不可解な信号を送っていた。それが良い信号なのか悪い信号なのか彼女には分からなかった。

ジーンが言っていたことは本当だ、とパウロは思った。彼女たちと出会うのは簡単なのだ。

次第に、他のヴァルキリーズたちも、そこで起こっていることに気づき始めた。最初、彼女たちは一番年上の女性を見た。次に、彼女の視線の先を追ってゆき、パウロとクリスが座っているテーブルに目をやった。彼女たちは会話をやめた。そして、音楽にあわせて身体をゆする者はもう誰もいなかった。

「ラジオをとめて」とその最年長の女はカウンターの男に言った。

いつものように、彼は従った。いま聞こえる唯一の音は、グリルの上の卵とベーコンの焼けるジュージューという音だけだった。

仲間たちが見守る中、その最年長の女は夫婦の座っているテーブルまでやってくると、そこに立って二人を見た。そして、なんの挨拶《あいさつ》もなく、パウロに言った。

「その指輪はどこで手にいれたの？」と彼女はパウロに聞いた。

「あなたがブローチを買ったのと同じ店だ」と彼は答えた。

その時やっと、クリスは女の革のジャンパーに留めてある金属製のブローチに気がついた。それは、パウロが左手の薬指にしている指輪と同じデザインだった。

彼が左手にあごを乗せていたのはそのためだったんだわ。

彼女はすでに、月のトラディションの仲間たちがつけるあらゆる色や金属や彫刻でできた指輪を無数に見ていた。それはいつも叡智《えいち》のシンボルであるヘビをかたどったものだった。しかし、自分の夫がつけているのと同じデザインのものは一度も見たことがなかった。それはパウロが「月のトラディション、つまり、怖れによって中断されるサイクル」を修了したことを認めて、その指輪を彼に与えたのだった。そして今、この砂漠の真ん中で、一人の女が同じデザインのブローチをつけていた。Ｊはパウロが１９８２年に、パウロがノールウェイでＪからもらった指輪だった。

「何が欲しいの？」と赤毛の女は聞いた。

パウロは立ち上がった。二人は真正面から互いにじっと見つめあった。クリスの心臓はドキドキしていた。それは嫉妬《しっと》からではないことは確かだった。

「何が欲しいの？」と彼女はもう一度聞いた。

「自分の天使と話をしたい。そしてほかのことも」

彼女はパウロの手を摑《つか》むと、指で彼の指輪をなでた。すこしだけ穏やかになり、彼女はより女性的になった。

「もし、私と同じ場所でこの指輪を買ったのなら、これがどうやって作られたか知っているはずよね」と彼女は言った。彼女の目はヘビに釘付《くぎづ》けになっていた。「もし、知らなかったら、これを私に売りなさい。すごくきれいだわ」

それはただの銀の指輪で、二匹のヘビが彫られていた。それぞれのヘビが二つの頭をもっていた。デザインとしてはとても単純なものだった。

パウロは何も言わなかった。

「あんたは天使と話す方法を知らないのね。それならこの指輪はあんたのものではないわ」とそのヴァルキリーは言った。

「知っています。チャネリングによって」

「そうよ」とその女は言った。「それだけでいいのよ」

「なにかもっとほかのことも望んでいる、と私は言いましたよ」

「それは何？」

「ジーンは天使を見ています。私も自分の天使を見たいのです。私は天使と会って話がしたいのです」

「ジーン？」ジーンが誰だったか、どこに住んでいたかを思い出そうとして、女の目は過去を探った。

「そうだ、思い出したわ」と彼女は言った。「砂漠に住んでいる人ね。砂漠で彼は自分の天使に会ったから」

「いやちがう。彼はマスターになろうとそこで勉強しているのです」

「天使を見るというのは神話にすぎないのよ。天使と話せるだけで十分よ」

パウロはヴァルキリーに歩み寄った。

クリスは夫が使っているトリックを知っていた。彼はこれを「平常心を失わせる術」と呼んでいた。通常、二人の人間は腕の長さほどの距離で会話する。一方の人間がもう一人にぐっと近寄ると、近寄られた方は考えがまとまらずに混乱する。

「私は天使と直接会いたいのだ」彼はその女のすぐ近くまで寄り、彼女をじっと見た。

「何のために?」そのヴァルキリーはおじけづいたように見えた。彼の戦術は成功したのだ。

「なぜなら、私はどうしても助けを必要としているからだ。私は自分にとって大切なものを勝ち取った。でもそれをだめにしようとしている。それはもう意味を失ったと自分自身に言っているからだ。でも本当はそうではないことを私は知っている。それは今でもとても大切なのだ。もし、私がそれをだめにしたら、自分自身も破滅させてしまうだろう」

彼は何の感情も示さずに、自然な声の調子を保っていた。

「天使と話すために必要なことはチャネリングだけでいいと知った時、私は興味を失ってしまった。それはもはや挑戦ではなく、すでによく知っていることだった。そして私の魔法への道がもう終わりに近いと気がついた。未知のことが、あまりにもよく知っていることになってしまったからだ」

クリスはショックを受けた。彼はどうしてこのようなことをみんなの前で告白しているの、今まで一度も会ったことのない人たちの前で？

「自分の道を探求し続けるためには、もっと何かが必要だ。どんどん高くなってゆく山が必要なのだ」と彼は締めくくった。

しばらくの間、ヴァルキリーは何も言わなかった。

「もし私が天使に会う方法を教えてしまったら、もっともっと高い山に登りたいというあなたの望みは消えてしまうのよ。それは必ずしもいいことではないわ」

「いや、絶対に消えない」とパウロは答えた。「消えるものは、自分が征服した山は小さすぎたという思いだ。私は自分がやりとげたことに対する愛を持続させることが出来るようになるだろう。それこそ師が私に言おうとしていたことだ」

彼は私たちの結婚のことも言っているのだわ、とクリスは思った。

ヴァルキリーはパウロの方に手を差し伸べた。

「私の名前はMよ」と彼女は言った。

「私の名はSだ」とパウロは答えた。

クリスはびっくりした。パウロは彼の魔法の名前を教えたのだ。その秘密の名前を知っているのはごく限られた者だけだった。魔術師にある種ののろいをかけることは、彼の魔法の名前を使うことによってのみ可能だったからだ。完全に信頼出来る者だけにしか、その名前は明かされなかった。

パウロはこの女に出会ったばかりだった。彼は彼女をそんなに信用することは出来ないはずだった。

「でも私のことをバルハラと呼んでいいわ」と赤毛の女は言った。

バルハラというのはバイキングの宮殿の名前だ、とパウロは思った。お返しに彼は自分の洗礼名を教えた。

その赤毛の女は少しリラックスしたようだった。彼女は初めてクリスを見て、テーブルに座った。

「天使と会うためには三つのことが必要よ」とバルハラはパウロの方を向いて言った。クリスの存在などなきがごとしであった。「そして、この三つのほかに勇気が必要なの。しかも女の勇気で、男の勇気ではないの」

パウロはそれに何の注意もはらっていないようなふりをした。

「明日《あした》、私たちはツーソンの近くにいます」とバルハラは言った。「お昼に私たちに会いにきなさい、もしあなたの指輪が本物ならね」

パウロは車から地図を持ってきた。バルハラは会う場所を彼に教えた。ヴァルキリーズのほかの一人が、朝食がさめてしまうとバルハラに言った。彼女はカウンターの自分の席にもどると、ラジオをもう一度つけるようにと言った。

パウロとクリスは長い間、自分のコーヒーの前に座って、ヴァルキリーズたちが食べるのをながめていた。

やっと女たちが立ち上がり、店を出て行こうとした。バルハラがドアのところまで行った時、パウロが大声で聞いた。「天使と会話するための三つの条件とは何ですか？」

赤毛の女は静かに答えた。「契約を破ること、許しを受け容《い》れること、そして、賭《か》けをすることよ」

＊＊＊

パウロとクリスは窓から町を見下ろした。ほとんど三週間ぶりに初めて、彼らは本物のホテルに泊まっていた。ルームサービスやバーがあり、ベッドまで朝食を運んでくれるホテルだった。

午後6時だった。この時間は二人がいつもチャネリングの練習をしている時間だった。しかし、パウロはぐっすりと眠っていた。

クリスは午前中の食堂での出会いが全てを変えたことを知っていた。自分の天使と話したければ、彼女は一人で練習をしなければならないだろう。

二人はツーソンまでの車中、ほとんど話をしなかった。彼女が唯一聞いたことといえば、どうしてパウロが魔法の名前を明かしてしまったのか、ということだけだった。パウロはバルハラが彼女の魔法名を名乗ったので、彼もそうせざるを得なかったのだと答えた。

おそらく、彼は本当のことを言っているのだろう。そして多分、そう信じているのだ。しかし、クリスは疑っていた。彼女は女だった。そして男に見えないものが見えていた。彼女はパウロがその夜、あとで、バルハラと話をしたいと思っているのではないかと感じた。

クリスはフロントデスクに電話をかけ、一番近い本屋はどこにあるかと聞いた。近くには一軒もないので、車で行かなければなりませんと、フロントの男は答えた。彼女はしばらく考えてから、車の鍵《かぎ》を取り上げた。彼らは大きな都会にいた。パウロが目を覚ましたとしても、彼女が町を探索しに行ったと思うだろう。

＊＊＊

彼女は何度か道に迷った挙げ句、やっと大きなショッピングセンターを見つけた。鍵を作る店を見つけたので、彼女はスペアキーを一つ作ってもらった。

安全のために一つ欲しかったのだ。

本屋で、彼女は一冊の厚い本をぱらぱらとめくって、探しているものを見つけた。

ヴァルキリーズ……ウォータンの宮殿の乙女たち。

ウォータンが何なのか彼女にはわからなかったが、それはさして重要ではなかった。神のメッセンジャーであり、彼女たちは英雄たちを死に導き、その後天国に連れてゆく。メッセンジャー。天使のようなものね、と彼女は思った。死と天国。これもまた天使に似ている。

彼女たちはその魅力で戦士を興奮させ、その心に愛をかきたてる。戦場では勇気を示し、馬に乗れば、雲のように速く走りぬけ、雷雨のように鳴り響くことによって戦士をとりこにする。

彼女たちに、これ以上適した名前はないわ、と彼女は思った。

同時に、彼女たちは、勇気の陶酔、戦士の休息、戦場における愛の冒険、出会い、喪失のシンボルでもある。

　まったくそのとおりだった。パウロが彼女と話したがるのも当然だった。

＊＊＊

　二人はホテルの食堂にディナーを食べに降りていった。パウロは少し歩きたい、砂漠の真ん中に作られた大都会をもっと知りたいと言いはった。しかしクリスは、私は疲れている、早く寝たい、そして、良いホテルを楽しみたいと言った。

　二人は食事の間、あたりさわりのない会話を交わした。そこで、パウロはやけに親切だった。クリスは夫が好機をうかがっているのを知っていた。そこで、夫の話すことすべてに興味をしめすそぶりをみせた。パウロがツーソンには世界で一番の砂漠博物館があると言ったとき、大いに関心を示した。

　彼は興奮して、博物館には生きたコヨーテや、ヘビや、サソリがいるし、それらに関する情報もとても豊富だと話した。そこを見るのにまるまる一日かかるほどなのだ。

　彼女はぜひ見てみたいと言った。

「明日の朝、行ったらいい」とパウロは言った。

「でも、バルハラはお昼に会おうと言ったでしょ」

「君はゆく必要はないよ」

「変な時間ね」と彼女は言った。「真昼に誰も砂漠には長くいられないわ。私たちは学んだわ、一番ひどいやり方でね」

パウロも変な時間だなと思った。しかし、彼はその機会を逃がしたくなかった。指輪や他のことすべてにかかわらず、バルハラが心変わりしないか心配だった。

彼は話題を変えた。クリスは夫の不安に気づいていた。彼らはあたりさわりのない話をしばらく続けた。そしてワイン一本を全部飲んでしまった。すると彼女は眠くなった。パウロは部屋にすぐに戻ろうと言った。

「君は明日は行く必要はないと思うよ」と彼は言った。

彼女はすでにすべてを味わっていた。食事、この場所、パウロの心配。そして、本当に夫のことをよくわかっている自分を確認するチャンスを楽しんでいた。しかし、もう時間は遅くなり、彼に最終的な答えを与える時が来ていた。

「私も一緒に行くわよ。何が何でも」

彼はイライラした。そして、お前は嫉妬《しっと》している、僕がやることを邪魔している、と言った。

「誰に嫉妬しているの？」

「ヴァルキリーズにだ。バルハラに」

「まさか」

「でもこれは僕の探求なんだよ。君を連れてきたのは、君にそばにいて欲しかったからだ。でもひとりでしなければならないこともあるのだ」

「あなたと一緒に行きたいのよ」と彼女は言った。

「君は魔法なんかに今まで全然興味を示さなかったじゃないか。どうして今ごろになって？」

「なぜって、私もその旅を始めたからよ。そして、道の途中で放りださないで、とあなたに頼んだはずよ」

彼女はそう答えて、その問題に決着をつけた。

＊

完全な静寂だった。

誰もがサングラスをかけて、目をくらますようなギラギラした太陽の光から目を守っていた。サングラスをかけていないのはクリスとバルハラだけだった。クリスがサングラスをはずしたのは、自分がバルハラの目をまっすぐに見ているのを、彼女に分からせるためだった。

クリスはしばらくの間、その女の視線を我慢して耐えていた。

何分かが経過した。誰もひと言もしゃべらなかった。約束の場所に来た時、パウロがハローと言ったきりだった。彼の挨拶《あいさつ》に誰も答えなかった。バルハラはクリスに近寄り、彼女のすぐ前に立った。

そして、その瞬間から、他のことは何も起こらなかった。

もうこうして20分もにらみ合っているに違いない、とクリスは思った。ただ、実際にどれだけの時間がたったのかは彼女には分からなかった。太陽のギラギラとまぶしい光と熱と静寂が彼女を混乱させていた。

彼女は少し気をぬこうとした。彼らは山のふもとにいた。すばらしいわ、砂漠にまた山がある。バルハラの背後に岩をくりぬいて掘った入り口があった。そのドアの向こうはどこに通じているのだろうと、クリスは想像しようとした。そして自分がはっきりと考えられなくなっていることに気がついた。ボレゴスプリングスでソルトレークから戻ってきたあの時と同じだった。

誰も汗を一滴もかいていなかった。……空気がカラカラに乾いていたので、汗は一瞬のうちに蒸発してしまうのだ。ジーンが言っていたとおりだった。クリスは自分たちが脱水症状を起こしているのを知っていた。出来るだけ沢山水を飲み、真昼の砂漠に十分用心していたはずだった。それでもあっという間に、脱水症状を起こしていることをクリスは知っていた。それに、いま、彼女は裸でいるわけではなかったのに。

他のヴァルキリーズの女たちは半円を作って立っていた。彼女たちは、ジプシーや海賊たちがしているように頭にスカーフを巻いていた。バルハラだけが何もかぶらずに、スカーフを首に巻いていた。彼女は太陽など、全然気にしていないように見えた。

彼女はにらみつけて私を退散させようとしているのだわ、とクリスは思った。

こんなにらみ合いが永遠に続くことはありえない、と彼女には分かっていた。限界があるはずだ。彼女はその限界が何なのか、いつどのようにしてそれが分かるのか、知らなかった。しかし、もうすぐ、太陽が損傷を与え始めるだろう。その間も、全員がじっと動かないのだ。そしてこれはすべて、彼女のせいで起こったことだった。彼女がどうしても来ると言い張ったからだ。神のメッセンジャーたちは、英雄を死にいたらしめ、天国につれて行ってしまう。

彼女はひどい間違いを犯してしまった。しかし、今となってはおそすぎた。彼女が来たのは、彼女の天使がそうせよと命じたからだった。彼女の天使は、パウロがその日の午後、クリスを必要とすると言ったのだ。

いいえ、これは間違いなんかじゃない。天使がここに来るようにと言ったのだから、と彼女は思った。

彼女の天使、そう、彼女は今や天使と会話しているのだ！　誰もそのことを知らなかった。パウロでさえ知らなかった。

彼女はめまいがし始めた。もうすぐ気を失ってしまうだろうと思った。しかし、彼女は最後まで事の成り行きを見とどけるつもりだった。すでに、夫の味方をしなければいけないとか、天使の言いつけに従うとか、嫉妬するとかいう問題ではなかった。今や、女のプライドの問題だった。もうひとりの女との顔と顔をつき合わせた対決だった。

「サングラスをかけなさい」とバルハラは言った。「太陽の光で目が見えなくなるわよ」

「あなただって、サングラスはしていないわ」と彼女は答えた。「あなたは怖くないのね」

バルハラが合図をすると、突然、ギラギラした太陽の光が何十倍も強くなった。ヴァルキリーズたちが馬具の鏡を使ってクリスの目に直接太陽を反射させたからだった。彼女はギラギラと光っている半円を眉《まゆ》をひそめながら見た。そしてバルハラを見つめ続けた。

しかし、もはや、はっきりとは見ることが出来なかった。その女の姿がどんどん大きくなるように見え、彼女の心はますます混乱した。彼女は自分が倒れこみそうになるのを感じた。その瞬間、革の袖《そで》で覆われた腕が伸びて彼女を支えた。

＊＊＊

パウロはバルハラが両腕でクリスを受け止めるのを見ていた。こんなことはすべて避けることが出来たはずだった。彼女の思いがどうあろうと、彼女にホテルに残るようにと、強く主張すれば良かったのだ。最初にブローチに気がついた瞬間から、彼はヴァルキリーズたちがどのトラディションから来たのか分かっていた。

彼女たちもまた彼の指輪を見て、彼がこれまでいろいろな方法で試練を受け、試されてきたことを知っていた。だから彼をおどかすことは難しいと分かっていた。しかし、自分のグループに侵入してくるよそ者に対しては、彼女たちはその正体をテストするためにどんな方法をも辞さなかった。たとえ、そのよそ者が彼の妻であっても容赦はしなかった。

しかし彼女たちはクリスを退けることは出来なかった。クリスだけでなく、自分たちが学びたいことを学ぼうとする者は誰一人として拒むことはできないのだ。彼女たちは誓いを立てていた。隠されたものは明かされなければならない。クリスは今、スピリチュアルな道を探求する者に必要な、最初の重要な美徳をテストされていたのだ。

それは勇気だった。

ヴァルキリーはパウロを見た。「手伝って」

パウロは彼女が自分の妻を支えるのを手伝った。彼らはクリスを車に運び、後ろの席に彼女を寝かせた。

「心配しなくていいわ、すぐに気がつくから。ひどい頭痛がするとは思うけれど」

彼は心配していなかった。むしろ誇らしく思っていた。

バルハラは自分の馬に戻ると、水筒を持ってきた。パウロは彼女がすでにサングラスをかけていることに気がついた。彼女もまた限界にきていたにちがいなかった。

彼女はクリスの額を水でぬらすと、手首と耳の後ろに水をつけて軽くたたいた。クリスが目を開けて何回か瞬《まばた》きした。そして、上半身を起こした。

「契約を破りなさい」と彼女はヴァルキリーを見て言った。

「あなたはおもしろい人ね」とバルハラがクリスの顔を手でなでながら言った。「サングラスをかけなさい」

バルハラはクリスの髪をなでた。二人ともサングラスをかけていたが、パウロは二人が互いに見つめあっていることを知っていた。

＊

彼らは山の中の奇妙なドアへと歩いていった。

バルハラは他のヴァルキリーズに向かって言った。「愛のために。勝利のために。そして神の栄光のために」

Jが使っていたのと同じ文句だった。それは天使を知っている者たちの言葉だった。

ヴァルキリーズたちはそれまで静かで動かなかったのに、そわそわし始めた。そして馬にまたがると、ガソリンスタンドでしたのと同じ遊び、つまり、触れそうなほどお互いの近くを走り回った。そして数分のうちに、彼女たちは山の向こう側に消え去った。

バルハラはクリスとパウロのほうを向いた。

「中に入りましょう」

そこにはドアはなく、鉄の格子だけだった。その格子には掲示板がかかっていた。

危険

州政府は立ち入りを禁止する
禁を犯すものは罰せられる

「こんなことを信じてはだめよ」と、バルハラが言った。「彼らはこんな場所を守るつもりはないのだから」

それは古い金鉱山の廃坑だった。バルハラは明かりをもって、通路の梁《はり》に頭をぶつけないように、注意深く前に進んだ。パウロはあちらこちらで床が朽ち果てているのに気がついた。入ってゆくのは危険かもしれなかった。しかし、今はそんなことを考えている暇はなかった。

中に深く入ってゆくと、気温が低くなってきた。そして、居心地が良くなり始めさえした。彼は空気が足りなくなるのではないかと心配だったが、バルハラはその場所をよく知っているかのように、どんどん先に進んでいった。彼女はここに何回も来たことがあるにちがいなかった。それでもまだ生きている。そのことについても今は考える時ではなかった。

10分ほど歩いた時、ヴァルキリーは止まった。彼らは通路の床に座った。彼女は三人の輪の真ん中に明かりを置いた。

「天使は」と彼女は言った。「光を受け容《い》れる者には見えます。闇との契約を破棄しなさい」

「闇と契約はしていません」とパウロが答えた。「ひとつあったけれど、今はもうありません」

「ルシファーとの契約のことを言っているのではありません。サタンとの契約でも……」彼女はいろいろな悪魔の名前を並べ始めた。彼女の顔は異常に見えた。

「そういう名前を言わないでほしい」とパウロがさえぎった。「神は言葉の中にいる。悪魔もそうだから」

バルハラは笑った。「あなたはすでに学んだようね。さあ今、契約を破棄しなさい」

「僕は悪魔と契約などしてはいない」とパウロがもう一度言った。

「あなたが敗北と交わした契約のことよ」

パウロはJが言ったことを思った。人は一番愛するものを破壊する。しかし、Jは契約のことは何も言っていなかった。Jはパウロが悪魔との契約をずっと昔に破棄したことをよく知っていた。鉱山の中の静寂は砂漠の静寂よりもさらに深かった。バルハラの声のほかは何の音も聞こえなかった。そしてバルハラの声は違ったように聞こえた。

「私たちは契約をしている。あなたも私もよ。勝利が可能な時に勝たないという契約をしているの」と彼女は言い張った。

「私はそんな契約はしたことはない」とパウロは三度目の否定をした。

「誰でもしているわ。人生のどこかで、私たちはみんなそのような約束をするの。だから、天国の門の前に燃え盛る剣をもった天使がいるのよ。門に入れるのは、その契約を破棄したものだけ」

そう、彼女は正しいわ、とクリスは思った。誰もがこの契約をするのよ。

「私を魅力的だと思う？」とバルハラが尋ねた。彼女の声がもう一度変わった。

「あなたは美しい女性だ」とパウロが答えた。

「ある日、私がまだ若かった頃、一番の親友が泣いていたの。私たちは互いに深く愛し合っていた。もう別れられないほどだった。そこで、私は彼女に何が起こったのか聞いたの。私がどうしても知りたいと言った時、彼女はようやく、彼女のボーイフレンドが私のことを愛しているのだと言った。私はそれを知らなかった。その日、私は契約をしたの。本当のことは分からないけど、どうしてか、私は太り始め、自分のことをかまわなくなった。そして、醜くなろうとした。自分では気づかずに、自分の美しさがのろいだと感じたから。美しさが親友を苦しめる原因だと思ってしまったの。

すぐに、私は自分を今までとちがって大切にしなくなり、そのために、人生の意味をすべて破壊してしまった。そして私は人生のすべてが耐えられないところまで来てしまった。そして死ぬことを考えていたの」

バルハラは笑った。

「お分かりの通り、私はその契約を破棄したのよ」

「本当だ」とパウロは言った。

「そう、それは本当だわ」とクリスは言った。「あなたは美しいもの」

「私たちは山の真っただなかにいる」とヴァルキリーは続けた。「外には太陽が輝いている。そしてここは暗闇だけ。でも、気温は心地いいし、ここで眠ることも出来る。何も心配はいらない。これが契約の暗闇なのよ」

彼女は革のジャンパーのファスナーに手をかけた。

「契約を破棄しなさい」と彼女は言った。「神の栄光のために、愛のために、そして勝利のために」

彼女はファスナーをゆっくりとおろし始めた。彼女はジャンパーの下には何もつけていなかった。

彼女の胸の谷間で、金の大きなメダルがランタンの明かりでキラキラと輝いた。

「取りなさい」と彼女は言った。

パウロはメダルにさわった。それは大天使ミカエルのメダルだった。

「私の首からメダルを取りなさい」

彼はメダルをはずして両手で持った。

「二人で、そのメダルを手に持ちなさい」

突然、クリスが口走った。「私は天使に会わなくてもいいわ！　その必要がないもの。天使と話すだけで十分よ」

パウロはそのメダルを手に握りしめた。

「私はもう天使と話し始めたのよ」とクリスはもっと静かな口調で続けた。「私は話すことが出来ると知っています。それで十分です」

パウロは彼女を信じなかった。しかしバルハラはそれが真実だと知っていた。外にいる時に、クリスの目を見てわかったのだった。クリスの天使が、彼女に夫と一緒にいるようにと頼んだことも、彼女は知っていた。

それにもかかわらず、彼女はクリスの勇気を試さなければならなかった。それがトラディションの決まりだった。

「分かったわ」とヴァルキリーは言った。彼女はすばやく、明かりを吹き消した。完全な真っ暗闇になった。

「メダルの紐《ひも》をあなたの首にかけなさい」と彼女はパウロに言った。「メダルを両手で握りしめなさい。そして祈りの形にしなさい」

パウロは言われたとおりにした。彼は完璧《かんぺき》な闇が怖かった。そして出来れば考えたくないことを思い出していた。

彼はバルハラが後ろから近寄ってきたのを感じた。彼女の両手が、パウロの頭に触れた。

完全に真っ暗闇だった。一点の火花ほどの明るさも入ってこなかった。

バルハラは奇妙な言葉で祈り始めた。最初、彼は彼女が何と言っているのか聞き取ろうとした。その時、彼女の指が彼の頭の上をなぜ回した。すると、彼は持っているメダルがだんだん熱くなってゆくのを感じた。パウロは手の中の熱に意識を集中した。暗闇が変わってきた。彼の人生のいろいろな場面が目の前に浮かんできた。光と影、そして、また光と影、そして突然、彼はまた暗闇にいた。

「思い出したくない……」と彼はヴァルキリーに懇願した。

「思い出しなさい、それが何であっても、その一分一分を思い出しなさい」

暗闇が彼に恐怖を運んできた。それは彼が14年前に体験した恐怖だった。

＊

目が覚めると、コーヒーテーブルの上にメモがあることに気がついた。「愛しています。すぐに帰ってきます」そしてそのあとに、１９７４年5月25日、と日付が書いてあった。

　おかしいな、愛してるっていうメモに日付を書くなんて、と彼は思った。

　彼は目覚めた時、少しめまいがした。多分、さっきまで見ていた夢にまだドキドキしているのだろう。夢の中で、録音スタジオの支配人が彼に仕事をくれようとした。でも彼は仕事を必要としてはいなかった。その支配人はむしろ、彼が、つまり彼とそのパートナーが雇っているようなものだったからだ。二人のレコードは何万枚と売れてトップチャートに入っていた。ブラジル中から手紙が届き、人々はオルタナティブソサエティーについて、もっと知りたがっていた。

「歌詞をよく聞けばいいだけなのに」と彼はつぶやいた。実はそれは歌ではなかった。魔術の儀式に使われるマントラだったのだ。そしてバックには黙示録のビーストの言葉を読む低い声が入っていた。この歌を歌えばだれでも、暗黒の力を呼び出せるのだ。しかもあらゆる人々がこの歌を歌っていた。

　それはすべて彼とパートナーがやったことだった。二人は手に入れた印税でリオデジャネイロの近くに土地を買った。そこに彼らは約100年前、ビーストがシシリー島のセファルに建設しようとしたものを作るつもりだった。でも、その当時、ビーストはイタリア政府から国外退去を命じられてしまった。ビーストはいくつも間違いを犯した。十分に多くの弟子を集めることができなかったし、お金をどう稼げばよいかも知らなかった。ビーストはいつも自分の数字は666であると言っていた。弱者が強者に仕える世界、そして唯一のルールはすべての人間は自分のしたいように行動して良いという世界を作るために、自分はこの世界にやってきたのだと、彼は人々に話した。しかし、ビーストはこの思想をどのように広めればよいかを知らなかった。彼の言葉を真剣に受け止めた人はほとんどいなかったのだ。

パウロとパートナーのラウル・セイサスは、全く違っていた！　ラウルが歌い、国中の人々がその歌を聴いていた。二人は若く、しかも、お金を稼いでいた。当時、ブラジルでは確かに軍事独裁政権が権力を握っていた。しかし、政府はゲリラのことで手いっぱいで、ロック歌手にかかわって時間を無駄にする暇はなかった。むしろその逆だった。政府はロックミュージックが若者を共産主義から遠ざけると思っていたのだ。

彼は窓際に立ってコーヒーを飲んだ。これから散歩に行き、そのあとパートナーに会う予定だった。友達は有名だったが、彼のことは誰も知らなかった。しかし、そんなことは全然気にならなかった。大事なことは自分たちがお金をもうけていること、そしてそのお金があるために、自分たちのアイデアを実行出来ることだった。音楽の世界の人たち、そして、魔術の世界の人たちは、もちろん、みんな彼のことをよく知っていた！　一般の人たちが彼のことをまったく知らないために面白いこともあった。

一度ならず、すぐそばで作者が聞いているとも知らずに、知らない人が彼の作品について話しているのを耳にしたことがあった。

彼はスニーカーをはいた。靴ひもを結ぼうとすると、めまいがした。

彼は顔をあげた。おかしなことにアパートの部屋が暗く見えた。外では太陽が輝いていて、彼は窓辺を離れたばかりだった。何かが燃えるにおいがした。ストーブのコンセントは入っていなかったので、多分ほかの電気器具だろう。彼は部屋中を見回した。でも、何も燃えていなかった。

空気が重く感じられた。彼はすぐに出かけることにした。靴ひもは結ばずにそのまま出てゆこうとすると、気分がひどく悪いことに気がついた。

「何か食べたもののせいだろう」と彼は思った。しかし、いつもは傷んだものを食べると、体全体がおかしくなってすぐそれと分かった。でも今、彼は胸苦しさも吐き気も感じていなかった。ただ、しつこいめまいがするだけだった。

暗かった。もっと暗くなってきた。彼の周りに灰色の雲が立ち込めているみたいだった。またのまいがした。そうだ、きっと何か悪いものを食べたからにちがいない、

「あるいは、LSDの幻覚が戻ってきたのかもしれない」と彼は思った。でも、この5年間、LSDは一度もためしていなかった。LSDの後遺症はやめてから6ヶ月たって消え、それ以来、幻覚が戻ってきたことは一度もなかった。

怖かった。外に逃げ出さなければいけない。

彼はドアを開けた。めまいが戻ってきたり、消えたりした。通りに出たら、もっとひどくなるかもしれない。家にいて待っていたほうがいいのかもしれない。それにすぐに帰りますという彼女のメモが机の上にあった。待っていよう。それから二人で薬局か医者のところに行こう。もっとも医者は大嫌いだったが。深刻であるはずがない。26歳で心臓まひを起こす人なんていないから。

一人だってそんな人はいないだろう。

彼はソファに腰を下ろした。何か気を散らすものが必要だった。彼女のことを考えてはいけない。もっと時間がゆっくりと過ぎてゆくだけだからだ。新聞を読もうとしたが、めまいやふらつきが起こっては消え、その都度、ひどくなっていった。部屋の真ん中に黒い穴のようなものができ始め、何かがそこに彼を引っ張りこもうとしていた。おかしな音、笑い声や物が壊れる音などが聞こえた。こんなことは今まで、起こったことがなかった。今まで一度も経験したことがなかった。薬をやった時には、自分が薬の影響を受けているのが分かっていたから、自分が見ているものは幻覚であり、時間がたてば消えてゆくことを知っていた。でもこれは、恐ろしいほどに現実に起こっていた!

いやいや、こんなことが現実であるはずがない。現実とは絨毯《じゅうたん》、カーテン、本箱、食べ残しのパンが載っているコーヒーテーブルだ。彼は自分の周りの物事に意識を向けようと努力した。しかし、目の前にある黒い穴や声や笑い声などは、相変わらず続いていた。

どれもこれも本当に起こっているわけではない、絶対に！　これまで6年も魔術を練習してきていた。そして、あらゆる儀式を行ってきた。そのどれもが暗示にすぎないということを彼は知っていた。人の想像力に働きかける心理的な効果なのだ。それ以上のものではないのだ。

彼のパニックはますますひどくなっていった。めまいも強まった。魂が体の外に引っ張り出され、暗黒の世界、笑い声やあの声やあの騒音へと引き込まれてゆくようだった。これは本当に起こっていることなのだ！

「怖がってはいけない。怖がるとまたあいつは戻ってくる」彼は自分を落ち着かせるために、洗面所で顔を洗ってみた。少し気分が良くなった。恐怖の感覚は消えたように感じた。そこでスニーカーをはき、全部忘れようとした。トランス状態に入ってしまって悪魔と出会ったんだよ、とパートナーに話そうと思った。

しかし、そう考えただけで、またまめまいが戻ってきた。しかもさっきよりもっとひどかった！

「すぐに帰ってきます」とメモには書いてあったのに、彼女はまだ帰ってこなかった。

「僕は霊的な次元では何一つ、具体的な結果を出したことがない」と彼は思った。彼は何も見たことがなかった。天使も、悪魔も、死んだ人の霊も、何も見ていなかった。ビーストは日記の中で、自分は物を物質化することが出来る、と書いていた。でも、奴はうそをついているのだ。奴はそこまでやったことはない。彼はそれも知っていた。ビーストは失敗したのだ。彼がビーストの思想が好きなのは、それが反抗的で、かっこよかったからだった。その上、ビーストの思想を知っている人はほとんどいなかった。誰も理解出来ないことを話す人間を、人はいつも尊敬する。ハレクリシュナ、神の子たち、悪魔教会、マハリシなどについては、だれもが知っていた。一方、ビーストはほんのわずかな選ばれた者たちのものだった。「強者の法則」を彼は本の中で主張していた。ビーストはビートルズのもっとも有名なアルバム、『サージェント ペッパーズ ロンリー ハーツ クラブ バンド』のカバーに出ているのだが、そのことを知っている人はほとんどいなかった。その写真をカバーに載せた時、自分たちが何をしているのか、おそらくビートルズ自身でさえも知らなかったのだろう。

電話が鳴った。ガールフレンドからだろう。でも、「すぐに帰ってきます」と書いたのに、なぜ電話してくるのだろう。

何か起こった時だけだ。

だから彼女は帰ってこないのだ。めまいの発作の間隔がだんだん短くなってきた。

そしてあらゆるものがまた黒くなった。この感覚に征服されてはいけない、とどこからか声が聞こえた。何か恐ろしいことが起こりそうだった。あの暗闇に取り込まれて、二度と戻ってこられなくなるかもしれない。どんなことがあっても、コントロールを保つ必要があった。ほかのことを考えなければいけなかった。そうしないと、ぁれに支配されてしまう。

電話が鳴っている。彼は電話に意識を集中した。話せ、会話しろ、ほかのことを考えろ、あの暗闇から意識をそらせ。電話は奇跡であり、解決法だった。それは知っていた。どうしても負けるわけには行かないことは分かっていた。電話を取らなければならなかった。

「もしもし」

女性の声だった。でも、彼のガールフレンドではなくて……アルジェリアだった。

「パウロ？」

彼は返事をしなかった。

「パウロ、聞こえているの？　私の家に来てほしいの。変なことが起こっているの」

「何が起こっているんだ？」

「あなたは知っているのでしょ、パウロ。お願いだから説明して」

聞きたくないことを聞かされる前に、パウロは電話を切った。これはドラッグの後遺症ではなかった。狂気の症状でもなかった。心臓マヒでもなかった。これは現実だった。アルジェリアは儀式に参加していて、「それ」は彼女にも起こっているのだった。

彼はパニックにおちいった。数分間、何も考えられずに座っていた。そして暗闇がだんだん近づいてきて彼を取り囲み始めた。彼は死の湖の淵《ふち》に追いやられていった。自分は死ぬのだ。信じてもいないのに行っていたことのために、そうとは知らずに自分が巻き込んだ多くの人々のために、良きことという名のもとに広がっている大きな悪のために。自分は死ぬだろう。そして暗闇は続くだろう。今、それは彼の目の前にその姿を現しつつあるからだった。そして、それまでそれに費やされた時間の集積として、儀式は本当に効果があることを証明していた。彼はいま、その代償を支払わなければならないのだ。それまで、無料だと思い、その代償がいくらかを知ろうともせずに、すべては嘘っぱちで幻想に過ぎないと思っていたからだった。

ジェスイット会の学校に通っていたころの月日を彼は思い出した。そして教会に戻って許しを乞《こ》い、せめて、神が自分の魂をお救いくださいますように、と祈るために必要な強さを乞い願った。そのようにせざるを得なかった。頭を忙しく働かせていれば、めまいを少しはコントロールすることが出来ると分かったからだ。彼は教会にたどり着く時間が必要だった。なんと奇妙な考えだろうか!

彼は本箱を見た。そして何枚レコードを持っているかを数えることにした。いずれにしろ、これまでずっと放っておいた仕事だった！　そうだ、レコードが何枚あるか正確に知るのは大切なのだ。そして彼は数えはじめた。一枚、二枚、三枚……

終わった！　これでめまいも、彼を引っ張りこもうとするまっ黒な穴も止めることができた。レコードを全部数え終わると、正しいかどうか確かめるためにもう一度数えなおした。次は本だ。自分が何冊本を持っているかを知るために数えなければいけない。レコードよりも多いだろうか。彼は数えはじめた。めまいは止まっていた。そして彼はたくさん、本を持っていた。次は雑誌だ。そしてカルトの新聞。何でもかんでも数えて書きとめよう。どれくらい自分が物を持っているかを調べるのだ。これはとても大切なことだから。

銀製品を数えているとき、ドアの鍵《かぎ》を開ける音がした。やっと、彼女が帰ってきたのだ。でも、気を散らせるわけにはゆかなかった。何が起こっているか、話すことさえ出来なかった。もうすぐ、すべてが終わるところなのだ。彼はそう確信していた。

彼女はまっすぐ台所にやってくると、泣きながら彼を抱きしめた。

「助けて！　変なことが起こっているの。あなたはこれが何なのか知っているでしょ、私を助けて！」

銀製品の数が分からなくなっては大変だった。それだけが救いだったからだ。頭を働かせておかなければならない。彼女が帰ってこなければよかったのに。ちっとも役に立たないのだから。しかも、彼女はアルジェリアと同じように、彼が全てを知っていて、どうすればそれを止めることが出来るかも知っていると思っていた。

「頭を忙しく働かせるんだ！」と彼はまるで何かに取りつかれたかのように叫んだ。「何枚レコードがあるか、数えるんだ！　次は本だ！」

彼が何を言っているのか分からずに、彼女は彼を見つめた。ロボットのように彼女は本棚に向かって歩いて行った。

しかし彼女はそこまで行かずに、突然、床に身を投げ出した。

「お母さんに会いたい……」と彼女は何回も言った。「お母さんに会いたい」

彼だってそう思った。両親に電話して、助けを求めたかった。ずっと会っていない両親に、彼がずっと前に捨てた中産階級の世界に属している両親に。彼は銀器を数え続けようとしたが、子供のように泣き叫び、髪の毛をかきむしっている彼女がすぐそこにいた。

もうたくさんだった。起こっていることは彼の責任だった。彼は彼女を愛し、彼女に儀式を教え、欲しいものが手に入ると保証し、物事は日々、よくなってゆくと請け合っていた（彼自身は一瞬たりとも自分が言っていることを信じたことはなかった！）。今、彼女は救いを求め、彼を信頼していた。それなのに、彼はどうすればよいのか、まったく分からなかった。

一瞬、彼は彼女に何か言おうと思った。しかし数えていた銀器の数が分からなくなってしまった。それに突然、前よりももっと強烈に暗黒の穴が戻ってきた。

「君こそ僕を助けてくれ」と彼は言った。「僕はどうしてよいか分からない」

そして彼は泣きだした。

子供のころと同じように、彼は怖くて泣いた。彼女と同じように、両親に会いたかった。彼は冷たい汗をびっしょりとかいていた。そしてもう自分は死ぬのだと確信していた。彼は彼女の手を握った。着ているものは汗でぐっしょりしているのに、彼女の手は冷たかった。彼は風呂場《ふろば》に顔を洗いに行った。ドラッグの効果が強すぎた時にいつもやっていたことだ。「それ」に対しても、多分、うまくゆくかもしれない。廊下はやけに広く、音や暗闇は今やもっと強烈になった。もうレコードも本も鉛筆も銀器も、彼は数えられなかった。もうどこにも隠れる場所はなかった。

「水を出しっぱなしにしよう」

まだ暗闇が浸透していないらしい頭の隅っこの方から、この考えがやってきた。流れている水だ！　そう、確かに暗闇や幻覚や狂気には力があった。しかし、ほかの物にだってあるのだ！

「水を出しっぱなしにしよう！」彼は顔を水につけながら彼女に言った。「水を出しっぱなしにすれば、悪魔を遠ざけることが出来る」

その声に彼女は彼が確信していると感じた。彼はなんでも知っているのだ。私を救ってくれるだろう。

彼はシャワーの栓をひねり、二人はその下にうずくまった。服も書類もお金も一緒だった。冷たい水が二人の体を濡《ぬ》らし、朝起きてから初めて、彼はホッとすることが出来た。めまいも消えた。二人は2時間か3時間、一言も交わさず、恐怖と寒さに震えながら、シャワーの水を浴びていた。アルジェリアに電話して同じことをするように伝えるために、シャワーの下を一度離れただけだった。するとすぐにめまいが戻ってきて、二人はあわててシャワーの下に逃げ戻らなければならなかった。そこにいればすべては穏やかだったが、二人は何が起こっているのか、どうしても理解する必要があった。

「僕は一度だってあんなことは信じていなかったんだ」と彼は言った。

その言葉を理解出来ずに彼女は彼を見た。二年前まで、彼らは一銭も自分のお金を持っていないヒッピーだった。でも今は、彼の歌はブラジル中で流行《はや》っていた。名前はほとんど知られていなかったが、彼は成功の頂点にいた。そしてこの成功は儀式やオカルトの勉強や魔術の力の結果なのだと、彼は言い続けていた。

「僕は信じてなんかいなかった。信じていたら、こんな道を進みはしなかったのに。

自分や君を危険な目に遭わせはしなかっただろう」

「お願いだから何とかして！　シャワーの下に永久にいるわけにはゆかないわ」と彼女が叫んだ。

彼はまたシャワーの下を出て、めまいや黒い穴が戻ってくるかどうか、確かめてみた。そして本棚に行き、聖書を持って戻ってきた。聖書を持ってきたのは、ヨハネの黙示録を読んでビーストの力を確認するためだった。彼はビーストの信奉者が呼びかけてきたことはすべて、実行した。それでも、心の底では何一つ、信じてはいなかった。

「神に祈ろう」と彼は言った。この女性の前で、彼は恥ずかしく感じ、うろたえていた。この数年ずっと、彼女に自分はすごい男だと印象づけようとしてきたのだった。彼は無力で、もうすぐ死ぬのだ。そして面目を失い、許しを乞わなければならなかった。今、一番重要なことは、彼自身の魂を救うことだった。結局、すべては本当だったのだ。

彼は聖書を抱きしめ、子供のころに教えられた祈りの言葉を唱えた。主の祈り、天使祝詞、そして使徒信条。最初は拒んでいた彼女も、やがて彼と一緒に唱え始めた。

次に彼は聖書を適当に開いた。水がそのページに落ちてきたが、なんとか読むことは出来た。それはイエスに何かを願った人の物語だった。イエスは信仰を保たねばならないと、彼に言った。男は答えた。「主よ、私は信じます……。どうぞ私の不信心をお救いください」

「主よ、私は信じます。どうぞ私の不信心をお救いください！」シャワーの水音の中で、パウロは大声で叫んだ。

「主よ、私は信じます。どうぞ私の不信心をお救いください！」彼は泣きながら、囁《ささや》くように言った。

彼は不思議と気持ちが静まるのを感じた。もし、二人が体験した恐ろしい悪魔が本当に存在しているのであれば、天の王国の存在も真実なのだ。それと同時に、彼がこれまでの人生で学び、その後否定してきたほかのこともすべて、真実なのだ。

「永遠の生命は存在する」と彼は言った。この言葉を自分が二度とふたたび、信じないことも知っていた。「死んだとしても僕は構わない。死を恐れる必要なんてないんだ」

「私は恐れていないわ」と彼女が答えた。「恐れてはいないけれど、それは不当だと思う。残念だわ」

二人はまだ26歳でしかなかった。本当に残念だ。

「僕たちは同じ年のやつらが体験出来る限りのことを全部、やってきた。こんな体験をしたやつはめったにいないだろう」と彼は言った。

「それは本当ね。私たち死んでもいいのね」と彼女が言った。

彼は顔をあげた。水の音が耳の中で雷鳴のように聞こえた。彼はもう泣いても恐れてもいなかった。自分の傲慢さの代価を支払っているだけだった。

「主よ、私は信じます。私の不信心をお救いください」と彼はくり返した。「私たちは取引をしたいのです。あなたに何でも、それこそ何でも差し上げます。その代わりに私たちの魂を救ってください。私たちの命も差し上げます。私たちが持っているものすべてを差し上げます。主よ、どうぞ受け取ってください」

彼女は軽蔑《けいべつ》の目で彼を見た。自分がこれほど尊敬していた男なのに。自分がこれほど敬っていた力強くて神秘的で勇気のある男だったのに。そしてオルタナティブソサエティーに関してこんなにも多くの人々を説得し、やりたいことは何をやってもいい世界、強いものが弱いものを支配していいという世界について演説をしていた男なのに。その男が今、泣きわめき、母親に助けを求め、子供のように祈り、自分はこれまでいつも勇敢だった、でもそれは何も信じていなかったゆえだった、と言っているのだった。

彼は彼女のほうを向くと、お前も一緒に上を見上げて取引をしなければならない、と言った。彼女はそれに従った。彼女は恋人と信仰と希望を同時に失った。それ以上、他に失うものはもう何もなかった。

彼は手をシャワーの栓においた。そしてゆっくりと水を止めた。もう、死ぬのだ。神は彼らを許してくださったのだ。

水の流れがぽたぽたと落ちる水滴に変わった。そして完全に静かになった。骨の髄まで濡れそぼった二人は、お互いを見つめあった。めまいも、黒い穴も、あの笑い声も、奇妙な音も、すべて消えていた。

＊＊＊

彼は女の膝《ひざ》の上で泣いていた。彼女の手は彼の頭をやさしくなでていた。

「僕はあの契約をしたのだ」と彼は泣きながら言った。

「いいえ、あれは取引だったのよ」と女が言った。

パウロは大天使のメダルをしっかりと握った。そうだ、取引だったのだ。そしてその罰は厳しかった。1974年のその朝から二日後、二人はブラジルの政治警察によって投獄され、オルタナティブソサエティーに基づいて政府転覆を謀ったとして訴えられた。彼は暗い独房に押し込まれた。まるで居間で見た黒い穴と同じような場所だった。殺すと脅され、彼は屈服したが、それは取引だった。釈放されると、彼はパートナーと別れ、それから長い間、音楽の世界から追放された。誰も彼に仕事をくれなかった。でもそれが取引だったのだ。

グループのほかのメンバーは取引をしなかった。彼らは「黒い穴」を生き延び、彼をひきょう者だとみなした。彼は友達と安全と生き続ける望みを失った。何年もの間、街に出るのさえ怖かった。めまいが戻ってくるかもしれず、警察がまた現れるかもしれなかった。その上もっと悪いことに、刑務所から出てきて以来、恋人とは一度も会えなかった。ときどき、彼は取引したことを後悔した。こんな風に生きるよりは、死んでしまったほうが良かったのかもしれない。しかし今、元に戻るには遅すぎた。

「契約もあったのよ。それは何だったの」とバルハラが言った。

「自分の夢を捨てると約束した」

7年間、彼はその取引の代償を支払い続けていた。しかし、神は寛容だった。彼に人生の再構築を許してくれた。録音スタジオの所長、5月のあの朝に夢で見た男と同じ人物が彼に仕事をくれ、唯一の友達となってくれたのだ。彼は作曲に戻ったが、仕事が成功しそうになると、何かが起きてすべては無に帰するのだった。

彼はJの言葉を思い出した。「人は自分が好きなことをダメにする」

「僕はずっと、それが取引の一部だと思っていた」と彼は言った。

「いいえ、神は厳しかったけれど、あなたが神よりも厳しかったのよ」とバルハラが言った。

「僕はもう絶対に成長しないと約束したのだ。もう自分を絶対に信頼することは出来ないと思っていた」

ヴァルキリーは彼の頭を自分の裸の胸に強く引き寄せた。

「恐怖について私に話しなさい。あの食堂で出会った時に、私が気がついたあなたの恐怖よ」

「あの恐れは……」彼はどう話し始めればよいか、分からなかった。おかしな話に聞こえるのではないかと思ったからだ。

「怖くて夜、眠れないのです。昼間ものんびりできません」

やっと今、クリスは自分の天使を理解することができた。彼女はここにいてこの言葉を聞く必要があったのだ。さもなければ、彼は絶対にこのことを彼女に話してはくれなかっただろう。

「……そして今、僕は愛する妻を持ち、Jを見つけ出し、サンチャゴへの聖なる道を歩き、本を書いた。再び、自分の夢に忠実に従っている。そしてそこに恐怖の原因があるのだ。なぜならば、すべては自分の欲するようにうまくいっているけれど、すぐにすべてが失われてしまうだろうと知っているからだ」このことを口に出すのは恐ろしいことだった。誰にもこのことを話したことはなかった。自分自身にだって言ったことはなかったのだ。クリスがここにいて全部聞いているのを彼は知っていた。彼は自分が恥ずかしかった。

「歌を作っていた時もその通りだった」必死でもっと先に行こうと努力しながら彼は言った。「あの時以来、何をしようとその通りになった。何一つ、二年以上続いたものはなかった」

バルハラの手が彼の首からメダルをはずすのが分かった。彼は立ち上がった。ランタンをつけてほしくなかった。クリスと対面するのが怖かったからだ。

しかし、バルハラはランタンをつけ、三人は黙ったまま、出口へと向かった。

「私たち三人は先に出ます。あなたはしばらくたってから来なさい」トンネルの終わりに近づいた時、バルハラがパウロに言った。

14年前の恋人がそうだったように、クリスは二度とふたたび自分を信頼しないだろうと、彼は確信していた。

「今日、僕は自分がしていることを信じている」ほかの二人が行く前に、彼はそう言った。それは許しを乞《こ》う言葉にも、自己正当化の言葉にも聞こえた。

誰も返事をしなかった。さらに二、三歩歩いたところで、バルハラはランタンを消した。すでになんとか見えるほどの明るさになっていた。

「外に一歩踏み出した瞬間から、大天使ミカエルの名にかけて、二度とふたたび、絶対に、自分に向かって自分の手を上げはしないと、約束しなさい」とバルハラが言った。

「そんなことはとても恐ろしくて言えません」とパウロは言った。「どう従えばよいのか分からないから」

「あなたの天使を見たいのであれば、そうするよりほかないのよ」

「僕は自分が自分に何をしていたのか、気がつかなかった。また同じように自分を裏切り続けるかもしれない」

「もうあなたは知っているわ。そして真実を知れば自由になるの」とバルハラが言った。

パウロはうなずいた。

「あなたはまだ、人生にたくさん問題が出てくるでしょう。普通の問題もあれば、難しい問題もあるわ。でも、これからは神の手だけがすべてに責任を持ちます。あなたがもう、それを邪魔しないから」

「聖ミカエルの名において、私は約束します」

二人の女性は外に出て行った。彼はしばらく待ってから、歩き始めた。もう暗闇にいるのは十分だった。

＊＊＊

石の壁に反射した光線が道を教えてくれた。そこには格子のはまったドアがあった。それは禁じられた王国へと導くドアだった。彼が恐れているドアだった。なぜならばその向こうは光の王国であり、彼はあまりにも長い間、闇の中で生きていたからだった。ドアは閉まっているように見えてはいても、そこに近づく誰に対しても開かれていた。

光へのドアは彼の前にあった。彼は通り抜けたかった。外には金色に輝く太陽の光が見えた。しかし、彼はサングラスを掛けないことにした。彼には光が必要だった。そして、彼は大天使ミカエルがそばにいて、槍《やり》で闇を追いやっているのを知っていた。

彼はずっと、神の冷酷な手が自分を罰しているのだと信じていた。しかし、すべての破滅を作り出していたのは、神の手ではなく自分自身の手だった。これからの残りの人生、絶対にそのようなことはしないだろう。

「契約を破れ」鉱山の暗闇に向かって、そして砂漠の光に向かって彼は言った。「神は私の人生を破壊する権利を持っている。しかし、私はその権利を持っていないからだ」
彼は自分が書いた本のことを考え、幸せを感じた。今年は何の問題もなく終わるだろう。契約を破ったのだから。バルハラが言ったように、彼の仕事にも、愛にも、魔術への道にも、問題が起こるのは確かだった。深刻な問題もあれば、すぐに終わってしまう問題もあるだろう。しかしこれからは、彼は守護天使と手を携えて戦うのだ。

あなたはすごく大変な努力をしてくれていたのですね、と彼は自分の天使に言った。しかも、最後は私が全部自分でだめにしていたのですね。きっとあなたには理解出来なかったでしょうね。

彼の天使はそれを聞いていた。天使は契約についても知っていた。そしてパウロが自分を破滅に追いやるのを防ぐために、自分たちが努力する必要がなくなったことを喜んでいた。

パウロはドアを見つけ、そこを出た。一瞬、太陽の光に目がくらんだが、彼は目を開いたままだった。光が必要だった。バルハラとクリスの姿が近づいてくるのが見えた。「手を彼の肩に置きなさい」とバルハラがクリスに言った。「証人になりなさい」

クリスはその言葉に従った。

バルハラは水筒から水を数滴たらすと、洗礼を施すかのように彼の額の上に十字を描いた。そしてひざまずくと、二人にもひざまずくようにと言った。

「大天使ミカエルの名において、契約は天に知られた。大天使ミカエルの名において、契約は破られた」

彼女はメダルを彼の額の上に置いた。そして彼女の言葉を後についてくり返すように命じた。

主の聖なる天使、
わが熱き守護者……

子供のころに覚えた祈りが山肌にこだまし、砂漠へと広がっていった。

もしあなたを信頼すれば、
聖なる信心が私を常に支配し、守り、
治め、輝かせることでしょう。
アーメン。

「アーメン」とクリスが言った。
「アーメン」と彼がくり返した。

＊
＊
＊

物珍しげに、人々は彼女たちの周りに集まってきた。

「レスビアンたちだ」と一人が言った。

「変わった連中さ」ともう一人が言った。

ヴァルキリーズは気にもせずに、自分たちの仕事を続けた。彼女たちはハンカチを次々に結び合わせて、一本のロープを作った。そして輪になって地面に座り、両腕を膝《ひざ》の上に置いてつないだハンカチを手に持っていた。

バルハラは真ん中に立っていた。人々がどんどん集まってきた。小さな集団が出来ると、バルハラが詩篇の一節を歌いはじめた。

われらはバビロン川のほとりにすわり、
そして泣いた。
われらは川のほとりに立つ柳に
われらの竪琴《たてごと》をかけた。

見物人は何も理解出来なかった。この街にこの女性たちがやってきたのは初めてではなかった。以前にもここにやってきて、おかしな話をしていた。もっとも、一部の言葉はテレビで伝道師がしゃべっている言葉と同じだった。

「勇気を持ちなさい」とバルハラの声が鋭く、しかも力強く響き渡った。「ハートを開きなさい。そしてあなたの夢があなたに語りかける言葉に耳を傾けなさい。その夢に従うのです。なぜならば、ためらわない者のみが神の栄光を実現することが出来るからです」

「砂漠のせいでおかしくなったみたいね」と一人の女性が言った。

何人かがそのまま立ち去って行った。彼らはもう説教には飽き飽きしていた。

「罪悪などはありません。あるのは愛の欠如だけです」とバルハラは続けた。「勇気を持ちなさい。たとえ愛は苦しく恐ろしいものに思えても、愛することが出来るようになりなさい。愛の中で幸せになりなさい。勝利の中で喜びなさい。あなたのハートの導きに従いなさい」

「そんなことは出来っこないよ」群衆の中の誰かが言った。「われわれにはしなければならないことがある」

バルハラはその声の方向を見た。人々が注目しているのを知ったからだ！　5年前とは違っていた。その時は、彼女たちが街中に現れても、誰一人、近づいてくる人はいなかった。

「私たちには子供がいるの。夫もいれば妻もいるの。生活費を稼がなければならないのよ」とまた別の人が言った。

「では、あなたの義務を果たしなさい。しかし、義務はあなたが自分の夢に従うのを妨げはしません。あなた自身が絶対者の顕現であることを忘れないでください。そしてあなたの人生で努力する価値のあることだけをしなさい。そのようにする人のみ、これからやってくる大いなる変容を理解するでしょう」

陰謀だわ、とクリスはそれを聞いて思った。そしてずっと以前、罪びとを救うために、教会の仲間と一緒に広場で歌ったことを思い出した。その頃は、誰もニューエイジのことなど話していなかった。彼らはキリストの再臨や懲罰と地獄の来訪について話していた。今のような陰謀はなかったのだ。

クリスは群衆の中を歩き、パウロを見つけた。彼は集会から遠く離れたベンチに座っていた。

「いつまであの人たちと一緒に旅を続けるの?」と彼女は尋ねた。

「バルハラが僕に天使に会う方法を教えてくれるまでだ」

「でも私たち、ここにもう一ヶ月近くもいるのよ」

「彼女は僕を拒否できない。トラディションにかけて誓ったのだから。自分が誓ったことを守らなければならないのだよ」

群衆はだんだん大きくなった。ここに集まった人たちに向かって話をするのはとても難しいことに違いないと、クリスは思った。

「この人たちはヴァルキリーズのことをまじめに取りはしないわ」と彼女は言った。「彼女たちのあの服装や馬ではむつかしいわ」

「彼女たちは古い考え方のために闘っているのだよ」とパウロが言った。「最近は、兵士は迷彩服を着ている。彼らは偽装して隠れるのだ。でも古代の戦士は戦場でもはっきりと目立つように、華やかな衣装をまとっていたのだよ。敵に自分たちを見てほしかったのだ。戦いに誇りを持っていたのさ」

「なぜ彼女たちはこんなことをしているの？　なぜ公園やバーや砂漠の真ん中で説教をするの？　なぜ、私たちが天使と話すのを手伝ってくれるの？」

彼はタバコに火をつけた。「君は陰謀だと冗談を言っているけれど、君は正しいのだよ。陰謀があるのだ」と彼は言った。

彼女は笑った。そんな、陰謀などないのだ。夫の友人がまるで秘密諜報《ちょうほう》員のように、ほかの人たちの前ではある種の話はしないように注意したり、話題を変えたりするので、この言葉を使っただけだった。もっとも、彼らはみな、トラディションにはオカルト的なものは一切ない、と主張していた。

しかし、パウロは本気のようだった。

「天国への門が再び開かれて、燃える剣を持って門の前にいた天使を神は追い出したのだ。どのくらいの間かは誰も知らないけれど、しばらくは誰でも中に入れるそうだ。門が開いているのは明らかだから」

クリスに話している間、パウロは見捨てられた金鉱の廃坑を思い出していた。一週間前のあの日まで、彼は天国の外にいることを選んでいたのだった。

「入るために何が必要なの？」

「信仰だよ。それとトラディション」と彼は答えた。

二人はアイスクリームを売っている屋台に歩いてゆくと、コーンに入ったアイスクリームを買った。バルハラはまだ話していた。彼女の説教は終わりそうになかった。もうじき、彼女は見物人を巻き込もうとし始めるだろう。そうしてから、やっと終わるのだ。

「門が開いているのを誰もが知っているの？」とクリスが聞いた。

「気付いた人もいる。そしてほかの人たちに呼び掛けている。でも問題がある」

パウロは広場の真ん中にある記念碑を指差した。「たとえば、あそこが天国だとしよう。そして地球上のすべての人がこの広場にいるとする。一人ひとり、あそこにたどり着くための独自の道順を持っている。

だから人は自分の天使と話をするのだ。天使だけが最良の道を知っているからね。ほかの人の助言を求めるのはよくないのだよ」

「あなたの夢に従いなさい。そして、リスクを冒しなさい」とバルハラが語るのが聞こえた。

「この世界はどのようになるの？」

「これはパラダイスに入る人たちだけのためのものなのだ」とパウロが答えた。『陰謀』の世界さ。今起こっている変化を見ることが出来る人たちの世界、自分の夢を追う勇気と、天使の声を聞く勇気を持っている人たちの世界なんだ。そしてその世界を信じている人たちみんなの世界だよ」

群衆からつぶやき声が聞こえた。芝居が始まったのだ。クリスは見に行きたかったが、今はパウロの話のほうが大切だった。

「何世紀もの間、われわれはバビロン川のほとりで泣いていた」とパウロが続けた。「そして竪琴を木につるし、歌うのを禁じられ、迫害され、虐殺された。しかし、われわれは約束の地があることを決して忘れなかった。トラディションはすべてを生き延びてきたのだ。

われわれは戦い方を学び、闘いによって強くなった。人々はもう一度、霊的な世界について話し始めている。ほんの数年前までは、霊的な世界は愚かで独りよがりな人たちが信じるものにすぎないとみなされていた。実は光の世界にいるすべての人々を結びつけている、目に見えない糸がある。ヴァルキリーズが結び付けているハンカチのようにね。そしてこの糸は天使に支えられて、強くて輝くロープになりつつある。それは敏感な人たちが感じている、僕たちをサポートしている手すりのようなものなのだ。我々の仲間は大勢いて、地球上あらゆるところに散らばっている。そして、我々はみんな、同じ信仰によって動かされているのだ」

「その世界にはいっぱい名前があるのよね。ニューエイジ、第六黄金時代、第七の光など」

「でもそれはどれも同じ世界なのだよ。保証するよ」

クリスは広場の向こうにいるバルハラを見た。彼女は天使について話していた。

「でも、彼女はなぜ、ほかの人たちを説き伏せようとしているの？」

「いや、彼女は彼らに何かを説き伏せようとはしていないよ。我々は皆、天国からやってきて、世界中に広がり、今、またそこに帰ろうとしているのだ。バルハラはそこに戻る代価を支払うように、あの人たちに頼んでいるのさ」

クリスは廃坑での午後を思い出した。「時にはとっても高い代価なのね」

「たぶんね。でも、支払いたいと言う人もいるのだよ。彼らはバルハラが言うことは正しいと知っている。彼らが忘れていたことを思い出させてくれるからだ。彼らはみな、魂の記憶と天国のヴィジョンを心の中に持っている。でも何年も思い出さずにすぎてゆくかもしれない。何かが起こるまではね。たとえば、子供が生まれたり、大切なものを失ったり、危機的な状況を感じたり、夕陽や本や歌など……または革のジャンパーを着て神について話す女性たちのグループとか。なんでもいいのだ。突然、彼らは思い出す。

それがバルハラがやっていることなのだよ。彼らにその場所が存在することを思い出させるのだ。聞く人もいれば聞かない人もいる。聞こうとしない人たちは、門が開いているのに気付かずに、その前を通り過ぎてしまうだろう」

「でも彼女はこの新しい世界について話しているのよ」

「それは彼女が使っている言葉にすぎない。実際、彼らはハープを柳の木から取り、またそれを弾いているのだ。そして何百万という人たちが世界中で約束の地の喜びを歌っているのだ。もう孤独な人は一人もいないのだ」

馬の足音が聞こえた。彼女たちの芝居が終わったのだ。パウロは車の方へと歩き始めた。

「なぜ今までこうしたことを私に話してくれなかったの？」と彼女が聞いた。

「君はすでに知っていたからだよ」

そうだった。彼女はすでに知っていたのだ。しかし今やっと、彼女は思い出したのだった。

＊

ヴァルキリーズは鞭《むち》とハンカチーフと奇妙な服装で街から街へと、馬で巡っていた。そして神について語った。

パウロとクリスは彼女たちについて旅をしていた。彼女たちが町はずれでキャンプをする時には、二人はホテルに泊まった。彼女たちが砂漠の真ん中で泊まる時は、二人は車の中で寝た。焚火《たきび》をすると、砂漠の危険性は減った。動物たちは近づいてこなかったからだ。眠りに落ちる前、二人は星を見上げ、遠くにコヨーテの吠《ほ》える声を聞くことが出来た。

廃坑での午後以来、パウロはチャネリングを練習していた。クリスに教えようとしたことを自分は本当は知らなかったのだとクリスが思うかもしれないと、彼は恐れていた。

このことが話題になった時、「私はJを知っているわ。あなたは自分の知識を私に証明する必要はないのよ」とクリスは言った。

「あの頃の僕の恋人も、僕を教えていた人物を知っていた」と彼は答えた。

午後になると毎日、二人は一緒に腰をおろして第二の心を崩壊させる訓練をした。そして天使に祈り、彼らが現れてくるように努力した。

「僕はこの新しい世界を信じている」と、ある日、チャネリングの練習が終わった時、彼はクリスに言った。

「あなたが信じているのを知っているわ。そうでなければ人生でずっとやってきたことを、やりはしなかったはずよ」

「それでも、僕は自分がやってきたことが本当に正しいのかどうかは分からないのだ」

「自分をもっと信じなさい」と彼女は答えた。「あなたは自分に出来る最高のことをしているのよ。天使を見つけるためにこんな遠くまで旅をする人はめったにいないもの。それに忘れないで。あなたは契約を破ったのよ」

彼が廃坑で破った契約だった。Jはこれを聞いて喜ぶだろう! 自分はすでにすべてのことを知っているとパウロはほとんど確信してはいたが、Jはこの砂漠への旅を思いとどまらせようとはしなかった。

チャネリングの練習が終わると、二人は何時間も天使について話し合った。しかしそれは二人の間でだけだった。バルハラはこの件について、二度と話をしなかった。

＊＊＊

ある日の午後、二人で話した後、パウロはバルハラと話すことにした。「トラディションを知っていますよね」と彼は言った。「一度始めたプロセスを途中でやめることはできません」

「私は何も途中でやめたりはしていないわ」と彼女が答えた。

「でも、僕はもうすぐブラジルに帰らなければなりません。それなのに、まだ許しも受け入れていないし、賭《か》けもしていません」

「私はそのプロセスをじゃましてなんかいないわ」と彼女は再び言った。

彼女は砂漠に散歩に行こうとパウロを誘った。あるところまで来ると、二人は並んで座り、日が沈むのを眺めながら、儀式や祭礼について話した。バルハラはJの教え方について質問した。そしてパウロは砂漠での彼女の説教がどのような結果を生んでいるのかを知りたがった。

「私は道を用意しているの」と彼女はさらっと言った。「私は自分の役割を行っていて、それを最後までやり遂げるつもりよ。その時、次のステップが何か分かるでしょう」

「いつやめる時が来るのか、どうして分かるのですか？」

バルハラは地平線を指差した。「私たちは11回、砂漠を巡る旅をしなければならないの。いつも同じところを11回通って、同じことを11回、繰り返すの。私がするように言われたのはそれだけ」

「あなたの先生がそう言ったのですか？」

「いいえ、大天使ミカエルよ」

「ではこの旅は何回目？」

「10回目よ」

ヴァルキリーは彼女の頭をパウロの肩に乗せた。二人は長い時間、黙って座っていた。パウロは彼女を愛撫《あいぶ》して、彼女が廃坑で彼にしたように、彼女の頭を自分の膝《ひざ》の上に抱きかかえたいと思った。彼女は戦士だったが、彼女もまた、なぐさめといやしを必要としていた。

彼はしばらくそのことを考えていたが、そうしないことに決めた。そして二人はキャンプに戻った。

＊＊＊

日がたつにつれ、バルハラは彼が知る必要のあるすべてのことを教えてくれたのではないか、しかしジーンがしたように、直接彼に道を示さずにそれを行ったのではないかと、パウロは思いはじめた。彼はヴァルキリーズの行っていることをつぶさに観察し始めた。何かのヒント、何かの教えや新しい方法を感じ取れるかもしれないと思ったのだ。そして、このところ毎日しているように、バルハラが日暮れに彼を散歩に誘いに来た時、彼はこのことを彼女と話すことにした。

「僕に直接教えてはいけない理由は何もありませんよ」と彼は言った。「あなたはマスターではありませんから。ジーンやJの場合とは違います。僕の場合とも。つまり二つのトラディションを知っている人たちとはね」

「いいえ、私はマスターです。私は啓示によって学んだの。私は呪いの言葉を言わないし、魔女の集会にも参加しないし、どの秘密結社のメンバーでもないことは、あなたの言う通りよ。でも、私はあなたが知らないことをたくさん知っています。大天使ミカエルが私に教えてくれたから」

「では僕がここにいる理由はそれなのですね。学ぶためなのですね」

二人は砂の上に座り、岩に寄りかかった。

「私には愛情が必要なの」と彼女が言った。「私には本当に愛情が必要なの」

パウロは体の向きを変えた。そしてバルハラは頭を彼の膝の上に乗せた。しばらくそのまま二人はそこに座って、地平線を見つめていた。

最初に口を開いたのはパウロだった。彼はこの話題を取り上げたくなかったが、そうしなければならないと感じていた。

「僕はすぐに行ってしまいます」

彼は彼女の答えを待った。彼女は何も言わなかった。

「僕は自分の天使に会う方法を教わらなければなりません。あなたが一生懸命教えようとしているのに、僕が理解出来ずにいるのではないかと感じています」

「いいえ、私の教えは砂漠の太陽と同じくらい明らかよ」

パウロは彼の膝に広がっている彼女の髪の毛を愛撫した。

「あなたには美しい奥さんがいるわ」とバルハラが言った。

パウロはその言葉の意味を理解して、手をのけた。

その晩、クリスのもとに帰った時、彼はバルハラが彼女について言った言葉を伝えた。クリスは微笑んだが、何も言わなかった。

＊
＊
＊

二人はヴァルキリーズとともに旅を続けた。「私の教えは明白だ」というヴァルキリーの言葉を聞いた後も、パウロはヴァルキリーズが行うことのすべてに注意を払っていた。しかし、彼女たちの日々の行動にはほとんど変化がなかった。旅をし、人々の前で話をし、彼がすでに知っている儀式を行い、そしてさらに先へ進むのだった。そしてセックスをした。途中で出会った男たちと愛を交わすのだった。普通は、ヴァルキリーズに近寄る勇気のある、大きなバイクに乗ってひとりで旅をする男たちが相手だった。彼らが近寄ってくると、バルハラが最初に相手を選ぶ権利をもっているという、暗黙の了解があった。彼女が興味を示さないと、他の誰でもその男に近づくことが出来た。

男たちはそのことを知らなかった。彼らは自分たちが選んだ女と一緒にいると思うように仕向けられていたが、実は選択はそのずっと前に行われていたのだった。女によって。

ヴァルキリーズはビールを飲み、神について語った。彼女たちは聖なる儀式を行い、岩の間でセックスをした。もっと大きな都会では、彼女たちは公共の場所に行き、観客を巻き込んで奇跡の芝居を演じた。

終わると、彼女らはお布施を求めた。バルハラは役を演じはしなかったが、すべてを取り仕切っていた。そのあと、彼女は自分のハンカチを観客の間に回し、常にいくらかのお金を受け取っていた。

午後になると、一緒に散歩に行こうとバルハラがパウロを呼びに来る前に、パウロとクリスは毎日チャネリングの練習をし、天使と話をした。まだ、チャネリングの通路が完全に開いたわけではなかったが、二人は常に自分たちを守っている存在や、愛や平和の存在を感じていた。また、時にはほとんど意味をなさない文章を受け取ったり、直感がやってきたりした。そして多くの場合は、喜びの感覚だけを感じた。それ以外には何もなかった。しかし、二人は自分たちが天使に話しかけていること、そして天使がそれを喜んでいることを知っていた。

そう、天使たちは幸せだった。二人がまた、彼らとコンタクトをとりはじめたからだった。天使と話をしようと決めた人は、誰でもこの体験が初めてではないことを発見するだろう。彼らは子供のころ、すでに天使と会話していたのだ。天使は「秘密の友達」という形で現れ、長い会話や遊びの相手をし、子供たちを悪や危険から守っていたのだ。

そしてどの子供も、自分の守護天使と話していた。子供が「存在しない」人に向かって話していることに、両親が気がつく日までは。すると両親は困惑し、それはひどく子供っぽい想像にすぎないと言い、教師や心理学者に相談して、子供はこのような行為をすべきではない、と結論づけるのだった。

両親はそんな秘密の友達などいないのだよと、常に子供たちに言い続けた。彼らはかつては自分たちも天使に話しかけていたことを忘れてしまっていたからだ。または、もはや天使のための場所などない世界に自分たちは住んでいる、と信じているのかもしれない。幻滅し、もはや自分たちの存在を押しつけることは出来ないと知って、天使は神の世界へと戻ってしまったのだ。

しかし、新しい世界が始まりつつあった。天使は天国への門がどこにあるかを知っていた。そして天使を信じるすべての人々をその門へと導いてゆくだろう。おそらく、信じる必要もないのだ。人々が天使を必要としているというだけで十分なのだろう。そうすれば、天使は喜んで戻ってくるからだ。

＊＊＊

パウロは毎日、夜になると、なぜバルハラが引き延ばしているのか、考えていた。クリスはその答えを知っていた。ヴァルキリーズたちも知っていた。でも、誰もそのことについては何も言わなかった。

クリスは喧嘩《けんか》が起こるのを待っていた。遅かれ早かれ、それは起こるはずだった。バルハラが二人から離れずにいるのも、二人に天使と出会うために必要なことを教えないのも、そのためだった。

＊＊＊

ある日の午後、車の右手はるかに、巨大な山々が現れ始めた。間もなく、左手に山や渓谷と、広大な塩の平原が見え始めた。それは太陽を受けてきらきらと輝き、一方の端からもう一方の端まで広がっていた。

デス・バレイ(死の谷)に着いたのだった。

ヴァルキリーズはファーネス・クリークのそばにキャンプを張った。そこは何マイル四方にわたって、唯一、水が出る場所だった。クリスとパウロは彼らと一緒に過ごすことにした。このあたりで唯一のホテルが満室だったからだ。

その夜、グループ全員で焚火《たきび》を囲み、男や馬について、そしてこの数日で初めて、天使について話し合った。寝る前にいつもやっているように、ヴァルキリーズたちはハンカチーフを結び合わせて作った長い紐《ひも》を持ち、バビロン川と柳につるされたハープについて歌った詩篇の一節をくり返した。彼女たちは自分たちが戦士であることを、決して忘れることはなかった。

その儀式が終わると、静けさがやってきた。そしてみんな、寝る支度を始めた。バルハラを除いては。

彼女はキャンプから離れたところへと歩いてゆき、長いこと、じっと月を眺めていた。そして大天使ミカエルに、ずっと自分に姿を見せてくれますように、貴重な助言をいただけますように、また、グループの統制を助けてくださいますように、と祈った。「あなたはほかの天使たちとの戦いで勝利なさいました」と彼女は祈った。「勝利を私に教えてください。いつの日か私たちの仲間が何万人、何百万人になるために、この8人のグループが解散しないようにお助けください。私の間違いをお許しください。そして私の心を情熱で満たしてください。同時に男であり女でもある強さを、やさしさとともに厳しい強さを私にお与えください。

私の言葉があなたの槍《やり》でありますように。

私の愛があなたの鎧《よろい》でありますように」

彼女は十字を切り、沈黙して遠くのコヨーテの鳴き声に耳をすませた。彼女は完全に目覚めていた。そして自分の人生を振り返り始めた。彼女はまだチェース・マンハッタン銀行の一社員だった頃のこと、人生は夫と二人の子供たち以上の意味を持たなかった時のことを思い出した。

「そして私は自分の天使に出会った」と彼女は物言わぬ砂漠に向かって言った。「光に包まれた天使が私の前に現れて、この使命を引き受けるようにと私に頼んだ。無理強いされたわけではなく、脅かされたわけでもなく、報酬を約束されたわけでもなかった。私の天使はただ、頼んできただけだった」

彼女は次の日に家を出て、まっすぐにモハベ砂漠にやってきた。そして一人で説教をし始めた。天国への門が開いている、と人々に話したのだった。夫は彼女と離婚し、子供たちの養育権も彼が勝ち取った。この使命をなぜ受け入れたのか、彼女は自分でもよくわからなかったが、苦しみとさびしさで泣くたびに、彼女の天使は神からのメッセージを受け入れた女性たちの物語を語ってくれた。聖母マリア、聖テレサ、ジャンヌ・ダルクなどの物語だった。世界が必要としているのは手本なのだ、と天使は言った。自分たちの夢に従い、理想のために戦う力を持った人々のことだった。

彼女はラスベガスの郊外でほぼ一年暮らした。やがて、何とかかき集めたわずかなお金を使い果たし、食べるものもなく、戸外に寝るようになった。ある日、一つの詩が彼女の手元にやってきた。

それは一人の聖人、マリア・エジプシアーナの物語を語った詩だった。彼女はエルサレムまで旅をしていたが、川を渡る船賃を持っていなかった。船の船頭はその魅力的な女性を見て、お金がなくてもあなたは体を持っているね、と彼女に誘いかけた。マリア・エジプシアーナはその船頭に身を任せた。彼女がエルサレムに着いた時、天使が現れて彼女の行ったことに対して彼女を祝福した。そして、今日、ほとんど誰もこの女性を覚えてはいないが、彼女は死後、教会によって聖者の列に加えられたのだった。

バルハラはこの物語をひとつのサインだと理解した。そして昼間は神の名において説教をし、週に二回、カジノに行き、金持ちの男たちの愛人となり、いくらかのお金をためることが出来た。自分が正しいことをしているのかどうか、彼女は決して天使に尋ねはしなかった。また天使も何も言わなかった。

少しずつ、ほかの見えざる天使たちの手に導かれて、彼女の仲間たちが集まり始めた。

「あともう一周りです」と彼女は沈黙した砂漠に向かって、大声で言った。「私の使命を完成させるには、あと一回の旅だけです。そして私は世間に戻ることが出来ます。何が私を待っているのか、それは分かりません。でも、私は戻りたいのです。私には愛と愛情が必要です。私の天使が天で私を守ってくださっているように、この地球上でも私を守ってくれる人が必要なのです。私は自分の役割を果たしました。それは恐ろしく過酷ではありましたが、後悔はしていません」

彼女は再び十字を切った。そしてキャンプに戻って行った。

＊＊＊

バルハラはブラジル人の夫婦がまだ、焚火のそばに座ってじっと火を見つめているのを見た。

「40日目まで、あと何日あるの？」と彼女がパウロに尋ねた。

「11日です」

「では、明日《あした》の夜、10時にゴールデン渓谷で、あなたに許しを受け入れさせます。『儀式を破壊する儀式』です」

パウロはびっくりした。彼女は正しかった！　答えは彼のすぐ前にずっとあったのだ。

「何を使って？」と彼が聞いた。

「憎しみを使って」とバルハラが答えた。

「いいでしょう」驚きを隠そうとしながら、パウロが答えた。しかし、バルハラはパウロが「儀式を破壊する儀式」で一度も憎しみを使ったことがないのを知っていた。

彼女は二人をそこにおいて、ヴァルキリーズの中で一番若いローザが眠っているところに行った。彼女はそっと少女の顔をなでて、彼女を起こした。ローザは夢の中に現れた天使と話しているところかもしれなかった。バルハラは彼女の会話を邪魔したくはなかったが、ローザはやっと目を開いた。

「明日の夜、あなたは許しを受け入れる方法を学ぶの」とバルハラは言った。「そうすれば、あなたは天使に会えるようになるわ」

「でも私はもう、ヴァルキリーよ」

「もちろんそうよ。それにあなたが天使に会えないとしても、やはりあなたはヴァルキリーよ」

ローザはにっこりした。彼女は23歳で、バルハラと一緒に砂漠を放浪するのを誇りに思っていた。

「明日は革のジャンパーを着るのはやめなさい。太陽が昇った瞬間から『儀式を破壊する儀式』が終わるまでは」

彼女はローザを愛情こめて抱きしめた。「さあ、眠りに戻りなさい」と彼女に言った。

＊

パウロとクリスはそれから30分、火のそばに座っていた。それから衣類を枕にして、寝る支度をした。大きな町を通り過ぎるたびに、寝袋を買おうかと思ったのだが、自分たちで歩き回って買い物をすることが出来なかった。何よりも、彼らはいつもどこかでホテルを見つけたいと思っていた。そのために、ヴァルキリーズと一緒にキャンプをせざるを得なくなると、自動車の中で寝るか、火のそばで寝なければならなかった。二人の髪の毛はすでに火花で何回もチリチリになっていた。しかし、これまではそれ以上はひどいことは起こっていなかった。

「彼女は何を言いたいの？」そこに横になりながらクリスが聞いた。

「大したことではない」彼はビールを二杯飲んだので眠かった。

しかしクリスはしつこかった。答えが欲しかったのだ。

「人生のすべての物事は儀式なんだ」とパウロが言った。「魔法なんて聞いたこともない人と同じくらい、魔女にとってもそうなのだ。両方とも、自分たちの儀式を完全に行おうとしているのさ」

クリスは魔法修行の道にいる人たちが儀式を行うのを知っていた。また、日々の人生にも、結婚式、洗礼式、卒業式などの儀式があることも知っていた。

「ちがうよ、僕はそんなきまりきった儀式のことを言っているのではない」パウロはだんだんイライラしてきた。彼は眠りたいのに、クリスはパウロのいら立ちに気がつかないふりをしていた。「僕はすべてのことが儀式だと言っているんだ。ミサがいろいろな事柄からなる素晴らしい儀式であるように、どんな人の日々の体験もまた、儀式なんだ。

つまり、日常の生活は人が正確に行おうと努力している精巧な儀式そのものなのさ。もしどこか一部をやり残したらすべてがだめになると思ってね。おきまりの手順という名の儀式なのさ」

彼は起き上がって座った。ビールのせいでぐったりしていたので、横になったままでいたら、最後まで説明することは出来ないだろう。

「若い時は我々は物事を深刻には考えない。しかしだんだん、こうした一連の日々の儀式が確立し、我々を取りこんでしまう。こうなるだろうと我々が予想するとおりに物事が動き始めると、我々はこの儀式をあえて変える危険は冒さなくなる。文句は言うが、毎日が他の人とほとんど同じであるという事実によって安心するのだ。少なくとも、思いがけない危険はない。

このようにして、我々は儀式の中でえられる種類以外の内側と外側の成長を避けることが出来る。子供を何人もつか、どう昇進するか、金銭的にどの程度成功するかとか。この儀式が固定化すると、その人は奴隷になってしまう」

「魔法の道を行く人も時にはそうなるの?」

「もちろん。彼らは見えない世界とつながり、第二の心を破棄し、超越状態に入るために儀式を使っている。しかし、僕たちもまた、征服する領域に慣れてしまう。そして、新しい領域を求める必要を感じるのだ。しかし、どんな魔法使いも儀式を変えることを恐れている。未知に対する恐れか、他の儀式がうまく機能しないのではないかという恐れだ。しかし、これは他からの助けなしには絶対に消すことが出来ない、とても強力で理不尽な恐れなのだ」

「では、『儀式を破壊する儀式』って何なの？」

「魔法使いは自分たちの儀式を変えることが出来ないので、トラディションは魔法使いを変えることにしたのだ。一種の聖なる演劇で、そこで魔法使いは別の役割を演じなければならない」

彼は横になって背を向けると、寝たふりをした。クリスがもっと説明を求めてくるかもしれなかった。そしてなぜ、バルハラが憎しみについて話したのか、知りたがるかもしれなかった。

聖なる演劇では、絶対にネガティブな感情を呼び出すことはしない。反対に、この種の演劇に参加する人々は、良い感情を取り扱い、強くて悟っている人物を演じようとする。それによって、彼らは自分は思っていたよりも良い人間であると自分に納得させることが出来るのだ。そして、それを信じれば、彼らの人生は変わるのだ。

ネガティブな感情を扱うのも同じことなのだろう。自分で思っていたよりも自分はずっとひどい人間なんだと、自分自身に納得させることになるかもしれないのだ。

＊＊＊

次の日の午後、二人はゴールデン渓谷を探索して過ごした。そこは高さが20フィート（6メートル）余りもある壁と曲がりくねった小道が続く谷間だった。チャネリングの練習をしている間に太陽が沈む一瞬、二人はこの場所の名前の由来を知った。岩に埋もれたキラキラとした鉱物に太陽光線が反射して、渓谷が金で出来ているように見えるのだった。

「今夜は満月だ」とパウロが言った。

彼はすでに砂漠の満月を見たことがあった。それは素晴らしかった。

「今日、目が覚めた時、聖書の一節を思い出したんだ」と彼は続けた。「ソロモンの書からの一節だった。『これをあなたのものとして保持しなさい。そして手を離してはならない。なぜなら、神を恐れるものは傷のないすべての物から生じるからだ』」

「おかしなメッセージね」とクリスが言った。

「確かに、とても変だね」

「私の天使は次から次へと話しかけてくるのよ」と彼女は言った。「私は言葉が分かるようになってきたの。廃坑であなたが話していたことが、私はよく分かるわ。だって、天使との交信が本当に起こるとは信じていなかったから」

それを聞いてパウロはうれしかった。そして、二人は一緒に沈黙に浸った。この時は、バルハラは砂漠に散歩に行こうと呼びには来なかった。

午後に彼らが見た光り輝く岩は、もはや見えなくなっていた。月が神秘的で幽玄な光を谷間に投げかけていた。黙って歩きながらどんなかすかな音にも耳を澄ませていると、砂の上を歩く自分たちの足音が聞こえた。二人はどこにヴァルキリーズが集まっているのか知らなかった。

彼らはほとんど一番奥までやってきた。そこでは谷間が少し広くなり、広場のようになっていた。彼女らの姿はそこには見えなかった。

クリスが沈黙を破った。「きっと、やめることにしたのね」

彼女はバルハラが出来る限りゲームを引き延ばすつもりでいることを知っていた。でも、クリスはもうこんなことは終わりにしたかった。

「動物がうろついているわ。ヘビが怖いの。帰りましょう」と彼女が言った。

しかし、パウロは上を見上げた。

「見てごらん、彼女たちはやめはしなかったよ」と彼は言った。

クリスは彼が見ている方向を見上げた。谷間の右側の壁のてっぺんにある岩の上から、女が一人、彼らを見下ろしていた。

クリスはぞっとした。

もう一人、女性の姿が現れた。そしてまた一人。クリスは広場の真ん中に行った。

反対の壁の上に、あと三人、女性がいるのが見えた。

二人、足りなかった。

＊＊＊

「劇場へようこそ！」バルハラの声が岩の壁にこだました。「観客はすでに集まって、見せものが始まるのを待っている！」

これは町の公園で演劇を始める時のバルハラの言葉だった。でも私はこの見せものの一員ではないわ、とクリスは思った。多分、あそこまで登ってみんなと一緒にいたほうがいいのかもしれない。

「さて、お代は見てのお帰り」その声は続けて、町の広場でいつも言う言葉をくり返した。「お代は高いかもしれず、その価値がなければ、いただいたものをお返しします。見物する気のあるお方はおられるかな？」

「はい、私が参加しよう」とパウロが答えた。

「これは一体何なの？」クリスが突然、叫んだ。「どうしてこんなに芝居じみているの？　儀式ばっかり。なぜ、天使を見るだけのために、こんなことをするの？　天使と話すだけでは不足なの？　どうして他の人たちと違うことをするの？　神とつながる方法をもっと簡単にしないの？　聖なるものとのつながりをもっと単純にしないの？」

　答えはなかった。パウロはクリスがすべてをだめにしてしまったと感じた。

「『儀式を破壊する儀式』は」とヴァルキリーズの一人が高い岩の上から言った。「静かに！」とバルハラが叫んだ。「観客は終わった時しか、話してはいけない！喝采《かっさい》するかブーイングか。ただし、入場料を支払うこと！」

　バルハラがやっと姿を現した。彼女はアメリカ先住民のように額にハンカチを巻いて結んでいた。一日の終わりに祈りをささげる時に、彼女はいつもそのようにしていた。これは彼女の王冠だった。

　彼女はバーミューダパンツにブラウスを着た、はだしの少女を連れていた。二人が近づき、月の光が彼女たちの顔を照らした時、クリスはその少女がヴァルキリーズの一人であるのを知った。一番若いメンバーだった。革ジャンパーといつもの攻撃的な態度がないと、彼女はまだ子供のように見えた。

　バルハラは彼女をパウロの前に立たせた。そして二人の周りに大きな四角形を描いた。角ごとに足を止めて、バルハラは二言三言つぶやいた。パウロとローザはラテン語のその言葉をくり返した。若い女性は何回か間違えて、その都度、最初から言い直さなければならなかった。

　彼女は自分が何を言っているのかも知らないのね、とクリスは思った。四角形も言葉も、町で行う公演では普段、行われないものだった。

バルハラは四角形を描き終わると、二人に自分に近づくようにと言った。二人は四角形の中に居《お》り、バルハラはその外にいた。

バルハラはパウロに向き合い、じっと彼の目を見つめた。そして自分の鞭《むち》を彼に手渡した。

「戦士よ、お前はこれらの線とこれらの聖なる名前の力によって、お前の運命の中に閉じ込められている。戦いに勝利した戦士よ、お前はいまお前の城にいる。そしてお前の報酬を受けとるがよい」

心の中でパウロは城壁を創造した。その瞬間、谷間もヴァルキリーズもクリスもバルハラも、そのほかのあらゆるものが意味を失った。

彼は聖なる劇場の役者だった。「儀式を破壊する儀式」という演劇だった。

「囚《とら》われものよ」とバルハラが少女に言った。「おまえの敗北は恥ずべきものだ。お前は栄誉をもってお前の軍隊を守ることが出来なかった。お前が死んだ時、ヴァルキリーズがお前の体を復活させるために天から降りてくる。しかしその時まで、お前は敗者に値する罰を受けるであろう」

突然、バルハラは少女のブラウスを引き裂いた。

「さあ、見せものを始めよう！　戦士よ、このものはお前の戦利品だ！」

彼は少女を荒々しく捕まえた。彼女はぎこちなく倒れてアゴが切れ、そこから血が流れた。

パウロは彼女のそばにひざまずいた。手にはバルハラの鞭をにぎり締めていた。それはまるで、それ自身、エネルギーを持っているかのようだった。そのことに彼は怖くなって、一瞬、想像上の城壁が消えて、元の谷間に戻った。

「ひどい怪我だ」とパウロは言った。「助けてやらないと」

「戦士よ、そのものはお前の戦利品なのだ」とバルハラが後ろにさがりながらくり返した。「その女はお前が追い求めている秘密を知っている。その秘密を彼女から引き出すのだ。さもなければ永遠にあきらめることになるだろう」

「我々自身のためでなく、神よ、我々自身のためでなく、あなたの御名の栄光のために」とパウロは小さな声で聖堂騎士団の呪文《じゅもん》を唱えた。彼はすぐに決心しなければならないのだ。自分が何一つ信じていなかった頃のことを思い出した。その頃は、すべては単なる芝居にすぎない、と思っていた。しかしその当時でさえ、物事は変化し、真実が現れてきた。

彼は「儀式を破壊する儀式」に直面していた。魔術師の人生にとって、神聖なる瞬間だった。

「神よ、あなたの御名の栄光のために」と彼はもう一度ラテン語で繰り返した。そしてそのあとすぐ、彼はバルハラに命じられた役割を演じることにした。「儀式を破壊する儀式」が始まった。ほかの物は何一つ、大切ではなかった。大切なのは、この未知の道と、彼の足もとにいる恐怖に震える女と、彼が彼女から勝ち取らなければならない秘密だけだった。彼は足もとにいる自分の餌食《えじき》の周りを歩き回った。そして道徳が今とは違っていた時代、女性を所有することが闘いのルールであった時のことを思った。男たちは金と女のために、闘いに命をかけたのだった。

「私は勝った」と彼は少女に向かって叫んだ。「そしてお前は負けたのだ！」

彼は膝《ひざ》をついて、彼女の髪の毛をつかんだ。彼女の目はじっと彼の目を見つめた。

「勝利するのは我々だ」と彼女は言った。

彼はもう一度、彼女を荒々しく地面に倒した。

「勝利の規則は勝つことなのだ」

「お前たちはみな自分たちが勝ったと思っている」と囚われ人が続けた。「お前たちは闘いに勝っただけだ。戦争に勝つのは私たちだ」

このように彼に向かって堂々と話す女は一体、だれなのだろうか？　彼女は魅力的な肉体を持っていた。しかし味わうのはあとでいい。まず、彼は長い間、探し求めていた秘密を学ぶ必要があった。

「天使に会う方法を私に教えて欲しい」彼は努めて声を穏やかにして言った。「そうすれば、お前を自由にしよう」

「私はこのままで自由だ」

「いや、お前は勝利のルールを知らないのだ」と彼は言った。「それこそがお前たち全員を滅ぼした理由なのだ」

彼女は混乱したようだった。「私にそのルールを教えなさい」と彼女は言った。「そうすれば、天使に関する秘密をあなたに教えよう」

囚われ人が取引を申し出たのだった。彼は彼女を痛めつけ、殺すことも出来た。彼女はここに、彼の足もとに倒れているのに、それでも取引を提案していた。おそらく、彼女を痛めつけても、何も白状しないだろう。取引したほうが良いに違いない。勝利に関する五つのルールを教えよう。彼女がここを生きて出ることはないからだ。

「道徳のルール：正義の陣営の側について戦わねばならぬ。それが我々が勝利する理由だ。天候のルール：雨の日の闘いは、晴れの日の闘いとは違う。冬場の闘いは夏の闘いとは違う」

彼は今、偽のルールを教えることも出来た。しかし、その場ですぐ偽のルールを思いつくことは出来なかった。女は彼のためらいに気付くだろう。

「空間のルール：谷間での闘いは平野での闘いとは違う。選択のルール：戦士は助言者をだれにするか、闘いの場でだれが彼の傍に残るべきか、その選び方を知っている。

指揮官は臆病《おくびょう》者や裏切り者に囲まれていてはならない」

彼は一瞬、そのまま続けるべきかどうか迷った。しかし、彼はすでに四つのルールを教えていた。

「戦略のルール：闘いの計画の立て方だ」と彼はとうとう最後まで言った。

これで全部だった。女の目が輝いた。

「さあ、天使について私に教えるのだ」

彼女は彼を見上げたまま、何も言わなかった。すでに遅すぎたとはいえ、彼女は法則を知ったのだった。こうした勇壮な戦士たちが闘いに負けることはなかった。そして伝説では、彼らは勝利の五つのルールを利用していたと言われていた。今、彼女はそれが何であるか、知ったのだった。

それを知ったとしても、すでに役には立たないことを彼女は知っていたが、少なくとも心安らかに死ぬことが出来る。そしてこれから受ける刑罰に彼女は値していた。

「天使について、私に教えるのだ」と戦士が再び言った。

「いいえ！　私は天使について、あなたには教えない」

戦士の目の色が変わった。それを見て彼女はうれしかった。彼は彼女に情けをかけはしないだろう。彼女が恐れる唯一のことは、この戦士が道徳のルールに支配されて、彼女の命を許すことだけだった。自分はそれに値しないのだ。彼女は罪人だった。短いその一生の間に、何百という罪を重ねてきた。両親をがっかりさせ、彼女に近づいてきた男たちを失望させた。彼女に加勢して戦った戦士たちを欺いた。囚われ人になるのを自分に許した。彼女は弱かったのだ。罰せられて当然だった。

「憎しみ！」遠くで女の声が叫ぶのが聞こえた。「儀式の秘密は憎しみなのだ！」

「われわれは取引をした」と戦士はくりかえした。今や彼の声は鋼のように冷たかった。「私は味方を裏切らなかった」

「あなたは私を生かしておきはしないだろう」と彼女が言った。「でも少なくとも、私は欲しいものを手に入れた。たとえそれが私の役に立たなくても」

「憎しみだ！」と叫んだ女の声が彼に影響を与え始めた。彼は最悪な感情が浮かび上がるままに任せた。憎しみは戦士の心に沁《し》み入り広がった。

「お前を苦しめてやろう。誰もいまだかつて、体験したことがないほどのひどい苦しみだ」と彼は言った。

「私は苦しみを受けよう」

私はそれに値しているからだと彼女は思った。彼女は苦痛と懲罰を受けるに値しているのだ。死に値しているのだ。子供のころから、彼女は戦うのを拒否してきた。自分にそれが出来ると思ったこともなかった。ほかの人から受けるどんなこともすべて、受け入れてきた。黙って不公正に耐え、その犠牲者になった。すべての人に、この子はいい子なのだと見てもらいたかった。やさしい心の持ち主で、すべての人を助けることが出来る子だと思ってもらいたかった。どんな代償を払っても、人に好かれたかった。神は彼女によい生活を与えたが、彼女はそれを生かすことが出来なかった。反対に、彼女は私を愛してくださいと他の人々に乞《こ》い願って生きてきた。それもすべて、自分が親切な心を持っていて、すべての人を喜ばせることが出来ると、示すためだった。

彼女は神に対して不誠実だった。そして自分の人生を捨てていた。今、彼女は自分を素早く地獄へと送りこんでくれる執行人を必要としていた。

戦士は自分の手の中で鞭《むち》が命を持ち始めるのを感じた。一瞬、彼の目が囚《とら》われ人の目と出会った。

彼は彼女が決心を変えて、彼の許しを請うのを待った。しかし、囚われ人は打たれるのを予期して身体を硬くした。

突然、すべてが消え失《う》せて、捕虜にだまされたという彼の怒りだけがそこにあった。憎しみが波のようにやってきた。そして、彼は自分がどれほど冷酷になれるか、分かり始めた。彼はいつも間違っていた。賞罰を決めなければならないその瞬間に、いつも弱い心に負けていたのだ。彼はいつも許していた。いい人だからではなく、卑怯《ひきょう》者だったからだ。冷酷な仕打ちを最後まで見届けることが出来ないのではないかと、恐れていたのだ。

　バルハラがクリスを見た。そしてクリスもじっと彼女を見つめた。月の光のせいで二人がお互いの目をはっきりと見据えることは難しかった。これは都合の良いことだった。二人とも、自分が感じていることがあらわになるのを恐れていたからだ。

「おねがいです！」殴られる前に、囚われ人がふたたび叫んだ。

　戦士は空中でその手を止めた。

　しかし、敵が到着していた。

「それで十分」とバルハラが言った。「もう十分よ」

　パウロの目は生気を失ってどんよりとした。彼はバルハラの肩をつかんだ。

「僕は憎しみを感じているんだ！」と彼は怒鳴った。「本当に感じているんだ！　自分では気づいてもいなかった悪魔を解放したのだ！」

　バルハラは彼の手から鞭を奪うと、ローザがけがをしたかどうか、調べた。

　彼女は膝の間に頭を入れた姿勢で泣いていた。

「みんな本当のことなんです」バルハラを抱きながら彼女は言った。「私は彼を挑発して、自分を罰するための道具として使ったの。彼に私を滅ぼしてほしかった。死へと追いやってほしかった。私の親たちは私を責めた。兄弟たちも私を責めた。私が今までやってきたことはすべて間違っていた」

「行って、ブラウスを着替えてきなさい」とバルハラが言った。

ローザは引きさかれた服を何とか整えようとしながら立ち上がった。

「このままでいたいの」と彼女は言った。

バルハラは少しためらっていたが、何も言わなかった。彼女は渓谷の壁へと歩いてゆき、壁を登り始めた。壁の上で彼女は三人のヴァルキリーズたちに囲まれた。そして他の者たちにも上に登ってくるようにと合図した。

クリス、ローザ、そしてパウロは無言で壁を登って行った。月の光が行く道を教えてくれた。岩にはたくさん手をかけるでこぼこがあって、登るのはあまり難しくなかった。上まで行くと、彼らは水の涸《か》れた谷が無数に走る広大な平原を見渡すことが出来た。

バルハラはパウロとローザに向かって、お互いに向き合って抱擁するようにと命じた。

「君を傷つけてしまっただろうか?」とパウロが聞いた。彼は自分自身にひどいショックを受けていた。

ローザは首を振った。彼女は恥ずかしかった。周りにいる女性たちのようには自分は決してなれないだろうと思った。それにはあまりにも弱すぎた。

バルハラは二人のヴァルキリーズのハンカチを結び合わせた。そしてそれをパウロとローザのベルト通しに通して、二人を結びつけた。クリスが立っているところからは、月が二人の周りに光の輪を作っているのが見えた。もし、これまでに起こったことを考えなければ、そしてもし、この二人の男女がこれほどによそよそしくなければ、あるいは、もっと親しければ、それは美しい情景だったことだろう。

「私は自分の天使に出会えるような価値のある人間ではありません」とローザがバルハラに言った。「私は弱い人間です。そして私の心は恥でいっぱいです」

「私は自分の天使に出会えるような価値のある人間ではありません」みんなに聞こえるように、パウロが言った。「私は憎しみを心の中に持っています」

「私は多くの人を愛しました。でも、真実の愛をはねつけました」とローザが言った。

「私は何年も憎しみを育ててきました。そして大切ではないことをして自分に復讐《ふくしゅう》してきました」とパウロが続けた。「私はいつも友達に許してもらった。しかし、その返礼に友達をどのように許せばよいのかを一度も学ばなかった」

バルハラは月を見上げた。

「大天使よ。私たちはここにいます。主の意思は行われるでしょう。われわれは憎しみと怖れと屈辱と恥を受け継いできました。主の意思は成就されるでしょう。

なぜ天国への門を閉めるだけでは不十分だったのですか？　私たちが心の中に地獄を持つようにする必要があったのですか？　でも、もしそれが主の意思であるならば、すべての人類が主の意思を何世代にもわたって行ってきたことを、あなたは知らなければなりません」

そしてバルハラはまじないの言葉を歌いながら、二人の周りを歩き始めた。

＊＊＊

「これは序文であり、あいさつです。

わが主、イエス・キリストをほめたたえよ。永遠に主がたたえられますように。

罪深き戦士たちが主に語りかけます。

最高の武器を常に自分自身に向けて使ってきた者たち。

自らを祝福に値しないものと思い込んでいる者たち。幸せは自分のためのものではないと信じている者たち。他の者たちよりもひどく苦しむ者たち。

自由の門の前にたどり着き、天国を見つめ、そして『我々は入るべきではない。我々にはその価値がない』と言った者たち。彼らが主、あなたに話しかけています。

ある日、他の人に批判され、批判のほとんどを正しいと結論づけた者たち。彼らが主、あなたに話しかけています。

自分自身を批判し、有罪にする者たち。彼らが主、あなたに話しかけています」

＊＊＊

ヴァルキリーズの一人が鞭《むち》をバルハラに手渡した。彼女はそれを天に向かって差し上げた。

＊

「これは第一のエレメント、空気です。

ここに鞭があります。もし私たちが次のような者であるならば、私たちを罰してください。

私たちを罰してください。私たちは人と違っているから。夢を見る勇気を持っているから。すでに誰一人として信じない事柄を信じているから。

私たちを罰してください。存在するもの、他のすべての人々が受け入れているもの、ほとんどの人々がそのまま変わらずにいてほしいと思っているものに、挑戦しているから。

私たちを罰してください。信仰を語りながら、希望を失っているから。愛を語りながら、自分たちは受けとる資格があると感じている愛情も慰めも、受け取らないから。自由について語りながら、しかも自分自身の罪の囚《とら》われ人であるから。

主よ、たとえこの鞭を星に達するほどに高く差し上げたとしても、私はあなたの手に届きはしないでしょう。

あなたの手は私たちの頭を覆っているからです。そして私たちを抱き、私たちに『もう苦しまなくてよい。私がすでに十分苦しんだのだから』とおっしゃいます。

そしてまたおっしゃいます。『あなた方と同じように、私も夢を見た。新しい世界を信じた。愛について語り、同時に天にまします神に私の試練を終わらせてくださいとお願いした。多数が変えたくないと思っているあるものに挑戦した。最初の奇跡を行った時は、自分が間違っていると思った。ただパーティーを楽しくしようとして、水をワインに変えた時のことだ。私は他の人々のきつい視線を感じた。そして叫んだ。〈父よ、父よ、なぜあなたは私をお見捨てになるのですか?〉と』

彼らはすでに私にその鞭を使いました。あなたはこれ以上、苦しむ必要はありません」

＊＊＊

バルハラは鞭を地面に投げつけた。砂が飛び散り、風に舞った。

＊

「これは第二のエレメント、土です。

主よ、私たちはこの世界の一部です。そしてこの世界は私たちの恐怖で満ちています。

私たちは砂の上に自分たちの罪を書き記します。そしてそれらを吹き散らすのは、砂漠の風の仕事です。

私たちの手を強くしてください。私たちが闘いをやめないように守ってください。たとえ、私たちが自分たちは闘いに行く資格がないと判断したとしても。

私たちの命を役立ててください。私たちの夢を育《はぐく》んでください。もし、私たちが土から出来ているのであれば、土もまた、私たちから出来ています。すべてはひとつなのです。

私たちを教え、そしてお使いください。私たちは永遠にあなたのものです。

法則はただ一つのおきてに集約されます。『汝《なんじ》の隣人を、汝自身のごとく愛せ』

もし私たちが愛すれば、世界は変わります。愛の光が罪の暗闇を追い散らします。

私たちの愛の力を強めてください。私たちに神の愛を受け入れさせてください。

私たちの自分自身に対する愛をお示しください。

拒絶や厳しいまなざしやかたくなな心に対する恐れを持っていたとしても、他の人々の愛を求めるように、私たちに要求してください。愛の探求をあきらめるのを、私たちに決して許さないでください」

＊＊＊

ヴァルキリーズの一人がバルハラにトーチを手渡した。彼女は火をつけると、それを天高く差し上げた。

＊

「これは第三のエレメント、火です。

主よ、あなたは言いました。『私は地上に火をつけにやってきた。そして私はその火が大きくなるのを見守っている』

愛の火が私たちの心の中で大きく育ちますように。

変容の火が私たちの行動の中で大きく育ちますように。

浄化の火が私たちの罪を焼き滅ぼしますように。

正義の火が私たちの歩みを導きますように。

知恵の火が私たちの道を照らしますように。

地上に広がっている火が決して消されませんように。その火は戻ってきました。そして私たちは自分の中にそれを持ち続けます。

前の世代は自分たちの罪を次の世代へと手渡しました。私たちの父たちまではそうでした。

しかし今、私たちはあなたの火のたいまつを次の世代へと手渡します。

私たちは光の戦士です。私たちは誇りを持ってこの光を掲げます。

最初にともされた時、その火は私たちの過ちや罪を明らかにしました。私たちは驚《きよう》愕《がく》し、怖れ、そして無力感を覚えました。

しかし、それは愛の火でした。そしてそれを受け入れた時、愛の火は私たちの中の悪いものを焼きつくしました。

私たちに対して眉《まゆ》をひそめる人たちよりも、私たちは良くも悪くもないということを、その火は私たちに示しました。

そして、このために私たちは許しを受け入れました。もう罪はありません。そして私たちは天国に戻ることが出来ます。その時、私たちは地上で燃えつづける火を持ってきます」

＊＊＊

バルハラはトーチを岩の割れ目に突っ込んだ。そして自分の水筒のふたを開け、パウロとローザの頭の上に水を二、三滴おとした。

＊

「これは第四のエレメント、水です。

あなたは『この水を飲むものはみな渇くことはないであろう』と言いました。

ですから、私たちはこの水を飲みます。そして自分たちの罪を洗い流します。地上を揺るがすであろう愛の変容のために。

私たちは天使の言葉を聞き、彼らの言葉の伝え手になります。

私たちは最も優れた武器と最も足の速い馬を使って戦います。

門は開いています。私たちは中に入る資格があります」

＊＊＊

「主、イエス・キリストよ、『私の平和をあなた方においてゆく。私の平和をあなた方に与える』と弟子たちに説いたあなたは、私たちの罪をご覧にはならずに、あなたの集まりに命を吹き込む信仰をご覧になりました」

クリスはこの言葉を知っていた。これはカソリックのミサで使われるものと同じだった。

「神の子羊よ、世界の罪を取り去るものよ、どうぞ私たちをお憐《あわれ》みください」パウロとローザをつないでいたハンカチをほどきながら、バルハラが言った。

「あなたたちは自由です」

そしてバルハラがパウロに近づいた。

毒の牙《きば》、とクリスは思った。今度はヘビの毒牙《どくが》の番なのだ。それが代価なのだ。彼女は恋をしている。もし、ヴァルキリーが彼に何が代価であるかを教えれば、パウロは喜んでそれを支払うだろう。そして、私は一言も言えないのだ。だって私はただの普通の女で、天使の世界の法律を何も知らないのだから。彼らは誰一人、私がすでに何回もこの砂漠で死に、また再び生まれたことを知らない。彼らは私が自分の天使と話していることも、私の魂が成長したことも知らないのだ。彼らは私をみくびっている、そして私がどう思っているかを知っている。私は彼を愛している。彼女はただ惚《ほ》れているだけなのだ。

＊

「さあ、今度はあなたと私の番よ、ヴァルキリー！『儀式を破壊する儀式』よ！」

クリスの叫び声が、月の光を浴びた不吉な砂漠にこだました。

バルハラはこの叫び声を待っていた。彼女はすでに罪の問題を解決していた。そして自分が望んでいることが罪悪ではないことを知っていた。単なる戯《たわむ》れにすぎないのだ。自分の戯れを追求する権利があった。そのようなことは決して人を神からも、その人が人生で行わなければならない聖なる仕事からも遠ざけはしないと、天使が彼女に教えてくれたのだった。

バルハラは初めてクリスにあの食堂で出会った時のことを覚えていた。体じゅうをびりびりと震えが走り、奇妙な直感、理解の出来ない感覚が、彼女を捉《とら》えたのだった。同じことが彼女にも起こったに違いない、と彼女は思った。

パウロは？　バルハラは彼に対する使命はすでにやり終えていた。そして彼は知らなかったが、彼女が要求した代価は非常に高かった。砂漠をずっと一緒に旅する間に、彼女はJが自分の弟子にしか使わない多くの儀式を学んだからだ。パウロは彼女にすべてを教えたのだった。

彼女はまた、男としての彼も求めていた。彼が何者であるからではなく、彼が知っていることのためだった。戯れだった。そして彼女の天使は戯れを許していた。

バルハラはもう一度クリスを見て、そして思った。これは私の10回目の旅だわ。私にもまた変化が必要よ。この女性は天使たちの道具なんだわ。

クリスから一瞬たりとも目を離さずに、バルハラは言った。「『儀式を破壊する儀式』。神がわれわれの役割が何であるべきか、示されるだろう」

バルハラは挑戦を受け入れた。彼女の成長のチャンスがやってきたのだ。

二人の女は昔の西部のカウボーイが決闘の前にやるように、見えない円の周りを歩き始めた。物音一つ聞こえなかった。あたかも時間が止まったかのようだった。

他のヴァルキリーズたちは、何が起こっているのか理解していた。みんな女性で、愛のための闘いに慣れていたからだ。そして彼女たちもまた、最終的な結果に達するまで、あらゆる仕掛けや技巧をこらして戦うのだ。それも愛のために、そして自らの命と夢の正当化のために戦うのだ。

クリスの役柄が現れ始めた。彼女は革のジャンパーを身につけ、頭の周りにハンカチを巻いた。彼女の胸の谷間には、大天使ミカエルのメダルが光っていた。彼女は強い人間のように、自分が尊敬し、そうなりたいと思っている女性と同じように装っていた。彼女はバルハラだった。

クリスは頭で合図をした。二人はじっと立っていた。バルハラは鏡の前に立っているように感じた。

クリスを見ながら、彼女は彼女自身を見ていた。彼女は闘いのやり方をそらで知っていた。しかし、愛のレッスンは忘れてしまっていた。勝利の五つのルールは知っていたし、自分が望むすべての男と寝ていたが、愛の技術は忘れていた。

彼女はこの相手に自分自身が映し出されていると思った。彼女は相手を負かす力を十分に持っていた。しかし、彼女自身の役柄が現れ始め、形を取り始めた。そしてこの役柄もまた十分な力を持ってはいたものの、このようなタイプの戦いには慣れていなかった。

バルハラは自分自身を恋する女性に変えた。愛する男とともに進み、必要ならば彼の剣を運び、あらゆる危険から彼を守る女性だった。か弱く見えるにもかかわらず、強い女性だった。彼女は愛の道を歩む人であり、それが知恵への可能性のある唯一の道だと思っていた。それは降伏と許しによって、神秘が明らかにされてゆく道だった。

彼女はそれをはっきりと見ていた！

バルハラはクリスの役柄を引き受けた。

そしてクリスは相手に映し出された自分自身を見た。

クリスはゆっくりと崖際《がけ》のほうへと歩き始めた。バルハラも同じようにして、二人は崖っ縁に近づいて行った。そこから落ちれば命を失うだろう。しかし、二人は限界を知らない女たちだった。クリスは崖の先端で立ち止まり、バルハラが同じようにするまで待った。

砂漠の底は30フィート下にあった。そして月は何千マイルも上にあった。月と砂漠の底の間で、二人の女が対峙《たいじ》していた。

「彼は私の男よ。単なる戯れからむやみに彼を欲しがらないで。あなたは彼を愛していないわ」とクリスが言った。

バルハラは返事をしなかった。

「私はもう一歩、先へ行きます」とクリスが続けた。「私は死にはしない。私は勇気のある女よ」

「私もあなたと一緒にやるわ」とバルハラが答えた。

「やめて。今あなたは愛について知っている。これは広大な世界よ。そしてあなたはそれを理解しようとして、一生を費やすことになるのよ」

一あなたが後ろにさがれば、私も一歩さがります。あなたは今、自分の強さを知っている。あなたの地平線はいま、山々や谷間や砂漠にまで広がっている。あなたの魂は大きくなり、さらに大きくなり続けている。あなたは自分の勇気を発見したの。それで十分なのよ」

「もし、私があなたに教えたことで、あなたが私に請求する代価を支払えるのであれば、それでいいわ」

長い沈黙が続いた。そのあと、バルハラはクリスの傍らに行った。

そして彼女にキスをした。

「私はそれを代価として受け取ります」とバルハラは言った。「あなたが私に教えてくれたことに、感謝します」

クリスは自分の手首から時計を取った。彼女が差し出せるものはそれしかなかった。

「あなたが私に教えてくれたことに、私も感謝します」とクリスが言った。「私は自分の強さを知りました。もし、私が不思議な美しくてパワフルな女性と知り合わなかったら、私はこのことを学べなかったでしょう」

深いやさしさをこめて、彼女は腕時計をバルハラの手首につけた。

＊＊＊

太陽がデス・バレイを照らしていた。ヴァルキリーズたちは、ハンカチを顔の周りに巻きつけ、目だけを出していた。

バルハラが夫婦のところにやってきた。「もう、私たちと一緒には来られないわ。あなたたちは天使と話さなければならないから」

「あと、もう一つ残っています」とパウロが言った。「賭《か》けです」

「賭けと契約は天使とするものよ。または悪魔と」

「でも、私はまだ天使に会う方法を知りません」とパウロが答えた。

「あなたはすでに契約を破り、許しを受け入れたわ。賭けは天使としなければならないのよ」

馬は始終落ち着かなかった。バルハラはスカーフで顔を覆うと、馬にまたがり、クリスに顔を向けた。「私はずっと、あなたの一部でいます」とクリスが言った。「そしてあなたはいつも私の一部です」

バルハラは手袋を脱ぐと、それをクリスに投げた。馬はもうもうたるほこりを残して走り去って行った。

＊＊＊

男と女は砂漠を横断して旅を続けた。人口が何万人もの都会で泊まることもあれば、モーテルがひとつ、レストランがひとつ、ガソリンスタンドがひとつしかない町に泊まることもあった。彼らは二人だけで過ごした。そして毎日午後になると、まるで最初の星が生まれようとしている場所に戻ってゆくかのように感じながら、岩と砂の間を歩いて行った。そこで彼らは天使と会話を交わした。

二人は声を聞き、お互いにアドバイスを与えあい、完全に忘れてしまっていたことを思い出した。

彼女は自分を守護している知恵の天使との会話を終わって、砂漠の日没を眺めていた。

彼はそこに座って待っていた。天使が降りてきて、目も眩《くら》むほどの輝きの中に姿を見せてほしいと思った。彼はすべてを正しく行ってきた。今はただ、待たなければならないだけだった。

彼は1時間も2時間も3時間も待った。完全に夜の帳《とば》りが降りた時、彼はやっと立ち上がった。そして妻を探し、二人で町へと戻った。

二人は夕食を食べてからホテルに戻った。彼女はベッドに入って寝たふりをし、その間彼はじっと宙を見つめていた。

彼女は夜中にベッドから起き上がると、彼が座っているところに行き、ベッドに入るようにと言った。そして悪い夢を見るので一人で寝るのが怖い、と言った。彼は彼女のとなりに静かに横になった。

「君はもう、君の天使と会話しているね」このような時、彼はよくこう言った。「君がチャネリングをしている時、君が話している言葉が聞こえたんだ。普段の生活では絶対に言わないようなことを、君は話している。知恵のある言葉だ。君の天使はここにいるんだね」

彼は彼女を愛撫《あいぶ》したが、黙ってそこに横になったままだった。彼女は彼の悲しみが本当に天使のせいなのか、それともいつかの失恋と関係があるのかと、自問自答した。

この疑問は彼女の中に封印された。

パウロは去って行った女性について考えていた。しかしそれが彼を悲しませているわけではなかった。時は過ぎつつあった。そしてもうすぐ彼は自分の国に帰らなければならなかった。彼に天使が存在することを教えてくれた男に、再び会うのだ。

パウロは想像した。

あの人はお前は十分にやった、と私に言うだろう。私が破らなければならない契約を破り、ずっと昔に受け入れなければならなかった許しを受け入れたと言うだろう。そう、あの人は知恵と愛の道について、私に教え続けるだろう。そして私は自分の天使にどんどん近付くだろう。毎日天使と話し、守ってくれることに感謝し、助けを求めるだろう。そしてあの人はそれで十分だと言うだろう。

そう、Jは初めから、新しい領域があること、そして、出来る限り遠くまで行くことが必要だということ、しかし、神秘を受け入れて、人にはそれぞれに独自の才能があることを理解しなければならない時があることを、彼に教えていたからだった。あるものは病気の治し方を知っており、他のものは知恵の言葉を持っており、また他の人は精霊と話すことが出来た。神が人間を自らの道具として使って栄光を現すことが出来るのは、このような才能のすべてを通してなのだった。天国への門は、自分は門を通り抜けると決心した人々に開かれるだろう。世界は夢を見る勇気を持ち、自分たちの夢に気付いた人々の手にあった。

一人ひとりが独自の能力を持っている。一人ひとりが独自の才能を持っている。

しかし、そのどれもパウロの心を慰めはしなかった。彼はジーンが彼の天使を見たことを知っていた。バルハラが彼女の天使を見たことを知っていた。他の多くの人々が天使と出会った話を本にしたり、物語に書いたり、報告したりしているのを知っていた。

そして彼はまだ、自分の天使と出会うことが出来ずにいた。

＊＊＊

あと6日で、彼らは砂漠を去らなければならなかった。二人はアホという小さな町に泊まることにした。そこは住民のほとんどが老人だった。そして栄光の時代を知っている町だった。そこにあった鉱山が、仕事と繁栄と希望を住民にもたらしていた時代だ。しかし、誰も知らない何らかの理由によって、会社は家々を従業員に売りわたし、鉱山を閉じてしまった。

パウロとクリスはレストランに座ってコーヒーを飲みながら、涼しい夜が来るのを待っていた。年配の女性が席を一緒にしてもよいかと話しかけてきた。

「私たちの子供たちはみんな、よそに行ってしまいました」と彼女は二人に話した。「古い人たち以外は誰もここには残っていません。いつか、町全体が消えてしまうでしょう。仕事も私たちが作ってきたものも、何の意味もなくなってしまうのです」

この場所を通り過ぎる人もずっといなかった。年配の婦人は話し相手がいて喜んでいた。

「人々はここに来て家を建て、自分たちがしていることは重要なことだと思いたいのです。でも、突然、地球が与えられる以上のものを地球に要求していることに気付くのです。そして、彼らはすべてを捨てて、別の場所に去ってゆきます。自分たちが他の人たちを自分の夢に巻き込んだという事実など、考えもしません。彼らよりも弱くて、後に残らなければならない人たちのことなど思いもしないのです。砂漠の中にあるゴーストタウンと同じように」

多分、それは僕にも起こっていることなのだろう。とパウロは思った。僕は自分でここまで来た。そして自分自身を見捨てたのだ。

パウロは以前、動物の調教師に聞いた話を思い出した。象を飼いならすためにはどうすればよいかという話だった。まだ小さな時に、象は鎖で丸太につながれる。彼らは逃げようとするが、逃げることが出来ない。子供のころはずっと、なんとかして逃げようとするのだが、丸太のほうが彼らよりも強くて逃げられない。

こうして彼らは囚《とら》われの身に慣れてゆく。そして巨大で力の強い大人の象になった時、調教師はただ、彼らの足の一本に鎖を巻き、どこかに(細い木の枝でもよい)つないでおけばよいのだ。それだけで、彼らは逃げようとはしない。彼らは過去の奴隷なのだ。

昼間はいつまでも長く続きそうに思えた。空は火のように燃え、地面は焼けつき、二人は砂漠の色が柔らかなピンク色に再び変わるまで、待って待って待たなければならなかった。そのころになってやっと、彼らは町から出てチャネリングを試みながら、天使が現れるのを待つことができた。

「誰かが言っていましたよ。地球は必要を満たすのに十分なだけのものを生み出すことは出来るけれど、欲望を満たすほど十分にものを生み出すことは出来ないって」とその老婦人が続けた。

「あなたは天使を信じていますか？」とパウロが聞いた。

彼女はその質問に驚いた。しかしパウロが話したいのはそのことだけだった。

「年をとって死が近づいてくると、なんでも信じるようになりますよ」と彼女は言った。「でも、私は自分が天使を信じているかどうかは分かりません」

「天使は存在します」

「あなたは天使を見たことがあるのですか？」彼女の目の中には、信じられないという思いと、希望の思いがあった。

「私は自分の守護天使と話しています」

「あなたの天使は羽をつけているの？」

これはだれもがする質問だった。でも、彼はこの質問をバルハラにするのを忘れていた。

「わかりません。私はまだ自分の天使を見たことがないのです」

婦人は立ち上がってそこを立ち去ろうかどうか、考えていた。砂漠の寂しさに、おかしくなる人もいるのだ。しかし、この人は退屈しのぎに自分に冗談を言っているだけなのだろう。

彼女は二人がどこから来たのか、アホのようなところで何をしているのか、聞きたかった。それに、彼女は二人の奇妙なアクセントがどこのものか、分からなかった。

きっとメキシコから来たのだろう、と彼女は思った。しかし彼らはメキシコ人のようには見えなかった。チャンスが来たら、聞いてみよう。

「あなたたち二人が私をからかっているのかどうか分かりませんが、さっきも言ったように、私の死は近づいています。多分、あと5年か10年は大丈夫でしょう。おそらく20年でも。でも、私の年になると、自分はこれから死ぬのだと分かるのですよ」

「私も自分が死ぬということを知っています」クリスが言った。

「いいえ、年寄りのようには分かっていませんよ。あなたにとって、それは遠くの思いでしょ。いつか起こるかもしれないことでしょ。私たちにとっては、明日《あした》起こるかもしれないことなの。だから、多くの年寄りは残された時間をひとつの方向、過去だけを見て過ごすのです。思い出が好きだからではなくて、過去の方向だけを見ていれば、怖いことを見ずに済むということを知っているからなのよ。

未来を見る年寄りはほとんどいないの。そして私もそのひとりです。未来を見ると、私たちを待っているもの、つまり死を見てしまうのよ」

　パウロは何も言わなかった。魔法を修行している人に、死の意識について何か新しいことを教えるのは不可能なのだ。しかし、彼が魔法使いだと知ったら、この女性はすぐに立ち去るだろうと、彼には分かっていた。

「だから、私はお二人が真剣だと信じたいのです。天使が本当に存在すると」

「死は天使ですよ」とパウロが言った。「この転生で私は二回、つかの間ですが、死を見ました。その顔を見る時間はありませんでした。でも、私は死の天使に会ったことのある人たちを知っています。また、死の天使にのしかかられた人も知っています。彼らはそのことを私に話してくれました。死は美しい顔をしていた、そしてやさしく触れてくれた、と言っていましたよ」

　老婦人はパウロをじっと見つめた。彼女はパウロを信じたかった。

「死は翼をもっているのですか」

「この天使は光からできています」と彼は答えた。「その時が来ると、死はあなたにとって最も親しみのもてる姿になって現れます」

　老婦人は考えこんだ。そして立ち上がった。

「私はもう、怖くありません。お祈りして、私のところに来る時には、死の天使が翼をもっていますようにと、お願いしました。私の心はこの願いがかなえられると言っています」

彼女は二人にキスをした。彼らがどこから来たかなど、彼女にとってもはや大事なことではなかった。

「あなたたち二人を私に送ってきたのは私の天使です。本当にありがとう」

パウロはジーンを思い出していた。彼もまた、天使の道具だった。ジーンのことを考えながら、パウロは自分とクリスもまた、天使の道具として働いたことに気付いたのだった。

＊＊＊

日没のころ、二人はアホからあまり遠くない山に向かった。二人は東に向かって座り、最初の星が現れるのを待っていた。星が見えた時に、チャネリングの作業を始めるのだ。

この手順を二人は『天使の黙想』と呼んでいた。これは「儀式を破壊する儀式」が他の儀式を葬り去った後、二人が作り出した最初の儀式だった。

「今まで一度も聞いたことがないのだけれど、あなたは、なぜ天使に会いたいの？」星を待ちながらクリスが言った。

「君は今までずっと僕に何回も、そんなこと、自分には関係ないって説明していたよ」

彼の声は皮肉っぽかった。彼女はそれに気がつかないふりをした。

「そうね。でも、あなたには大切でしょ。なぜだか教えてくれる？」

「それはもう説明したよ。バルハラと会った日にね」

「あなたには奇跡など必要ないのよ。あなたはただ、遊んでいるだけよ」とクリスは言い張った。

「霊的な世界には遊びなどないよ。君がそれを受け入れるか、受け入れないかだけだ」

「そうなの？　あなたはこれを、あなたの世界を受け入れたの？　それとも、あなたが言ったことは全部、嘘なの？」

廃坑の中で話した物語のことを彼女は考えているのだろう、とパウロは思った。この質問に答えるのは難しかったが、彼は答えてみるしかなかった。

「僕はすでにいくつも奇跡を見たことがある」と彼は話し始めた。「たくさんの奇跡をね。いくつかは君と一緒に目撃したことさえある。僕たちはJが雲の中に穴をあけたのも、暗闇を光で満たしたのも、物をある場所から他の場所に移したのも目撃した。君は僕が人の心を読むのも、風を吹かせるのも、力を呼ぶ儀式を行うのも見ている。僕の人生で魔法が働くのを、僕はもう何回も見てきた。悪い意味でも良い意味でも。僕はそのことに関しては疑いを持っていない」

彼はしばらく黙っていた。「でも、僕たちは奇跡に慣れてしまった。そしていつももっとほかの奇跡を見たいのだ。信仰を勝ち取るのはとても難しい。そして、それを保つためには日々、戦わなければならないのだ」

星が現れる時間になった。彼は説明を終わらせなければならなかった。しかし、クリスが言いはじめた。

「私たちの結婚についてもそれは言えるわ」と彼女が言った。「私は疲れ果ててしまったの」

「僕には分からない。僕は霊的な世界のことを話しているのだよ」

「あなたが言っていることが分かる唯一《ただ》つの理由は、私はあなたの愛を知っていると いうことよ。私たちは長い年月、一緒にいたわ。でも最初の二年間の喜びと情熱が終わってからは、毎日が私にとって試練になり始めたの。私たちの愛の炎を保つのは、とても難しかった」

彼女はこの問題を持ち出したことを後悔していた。でもすでに始めたからには、最後までやってみるしかなかった。

「以前、あなたは世界は農民と狩人《かりうど》に分かれている、って私に話してくれたわ。農民は土と収穫を愛し、狩人は暗い森と征服を愛していると。そして私はJのように農民だと言った。私は知恵の道を歩み、黙想することによってそれを達成すると。そして私は狩人と結婚したと言ったのよ」

彼女の思考は勝手にどんどん広がって行った。そして彼女はそれを止めることが出来なかった。自分が言い終わらないうちに星が出てしまうのではないかと、彼女は恐れていた。

「そして私は狩人と結婚したの。私はそれを知っていて、そしてあなたと結婚しているのはとても大変だったわ！　あなたはバルハラや、ヴァルキリーズたちと似ているわ。彼女たちは絶対に休もうとしない。そして狩りをする、危険を冒すという強烈な感情だけに生きている。夜の暗闇と、捕虜を捕らえる情熱だけを大切にしているの。最初、私はそんな感情と一緒に生きてゆけるとは思わなかった。普通の人と同じような生活を求めていた私が、魔法使いと結婚したのよ！　私が知りもしない法則に支配された世界に住んでいる魔法使いと。困難に直面した時だけ、生きていると感じる人と」

彼女は彼の目をじっと見つめた。

「Jはあなたよりもずっと力のある魔法使いよね？」

「ずっと賢い」とパウロが答えた。「ずっと経験がある。彼は農民の道を歩んでいる。そして彼が自分の力を発見するのはその道でなのだ。僕は狩人の道に従うことによってのみ、自分の力を達成できるだろう」

「それならば、なぜ彼はあなたを弟子として受け入れたの？」

パウロは笑った。「君が僕を夫として選んだのと同じ理由さ。我々は互いに違っているからだよ」

「バルハラとあなたとあなたの友達全部、みんな『陰謀』のことだけ考えているわ。それ以外のことは何も大切でないみたい。あなたたちはみんな、世界の変化とか、新しい世界の到来のことだけに凝り固まっているのよ。私もその新しい世界を信じている。でも、本当に、こんな風でないといけないの？」

「こんな風って？」

彼女は一分間、考えた。彼女は彼が何をやっているのか、よく分かっていなかったのだ。「いつも陰謀をたくらんでいるやり方よ」

「それは君がそれを言い表す時の言葉だね」

「でも、私はそれが本当だと知っているのよ。あなたもそうだって言ったでしょう」

「僕は、しばらくの間だけ天国の門が開いている、そこに入りたいと思うすべての人々に、と言ったのだ。でも、人はそれぞれに自分自身の道を持っていて、その人の天使だけが、どの道がその人にとって正しいのかを知っている、とね」

なぜ私はこんなことをしているのだろうか？　いったい私に何が起こっているの？と彼女は思った。そして、子供のころに見た版画を思い出した。天使たちが子供たちを崖《がけ》っ縁へと連れてゆく絵だった。彼女は今、ここで自分が話していることにびっくりしていた。何回も夫とけんかをしたが、今やっているように魔法について話したことは一度もなかった。

しかし、この砂漠で過ごした40日間で彼女の魂は成長し、第二の心について学び、強い意志を持つ女性と剣を交わした。彼女は何回も死に、そして生まれ変わるたびに、強くなったのだ。

狩りは本当のところ、私にとても大きな楽しみをあたえてくれた、と彼女は思った。そう、そのことが、彼女を怒り狂わせているのだった。なぜならば、バルハラに決闘を挑んだ日から、これまでの人生全体を無駄に過ごしてきたと感じていたからだった。

違う、と彼女は思った。私はそんなことは受け入れることが出来ない。私はJを知っている。彼は農民タイプであり、そして悟っている。私はパウロよりも先に天使と話をした。私はバルハラと同じように、自分の天使とどうすれば話が出来るかも知っている。まだ言葉は少しおかしいけれど。

しかし、彼女には分かっていた。自分の人生をどのように生きたいのか、その選択を間違えたのだ。私は話し続けないといけない、自分が間違った選択をしてはいないと、自分を納得させなければならないのだ、と彼女は思った。

「あなたはまだもう一つ、奇跡が必要なのね」と彼女が言った。「そしていつだってまた別の奇跡が必要なのよ。あなたは絶対に満足しない。そして天の王国を力によって征服することは出来ない、ということを理解出来ないのでしょう」

神よ、どうぞ彼の天使を現してください。彼にとってとても大切だからです。主よ、私が間違っていますように。

「君は僕に一言もしゃべる機会をくれないじゃないか」と彼が言った。

しかしその瞬間、一番星が地平線に姿を見せた。

チャネリングの時間が来たのだ。

＊＊＊

二人は腰をおろし、しばらくリラックスしてから第二の心に意識を集中し始めた。クリスはパウロが言った最後の言葉がどうしても頭を離れなかった。彼女は確かに彼に話をさせなかったのだ。

もう遅すぎた。彼女は第二の心がこの退屈な問題を何回も繰り返すのをそのままにするより仕方がなかった。第二の心は何回も何回も同じ問題を取り上げた。その夜、彼女の第二の心は彼女のハートを攻撃したがっていた。そして彼女は今まで間違った道を選んでいた、バルハラの性格を体験した時に、やっと自分の真の運命を見つけたのだよと言った。

さらに、もう変わるには遅すぎる、彼女の人生は失敗だった、これからは残りの人生を夫に従って過ごすだろう、暗い森の楽しさや獲物を取る喜びを体験することはないだろうと、第二の心は言い続けた。

また、彼女は夫の選び方を間違えた、農民タイプの男性と結婚したほうが良かったのだ、と言った。そしてパウロには他に数人の女性がいる、彼女たちは彼が満月の夜に秘密の儀式で出会った狩人タイプの女性である、とも言った。彼女は彼と別れるべきだ、そうすればパウロは彼と対等の女性とともに幸せになれるのだ、と第二の心は彼女に説いた。

何回か彼女は反論し、他の女性がいるかどうか自分が知るのは大切ではない、そのために彼と別れるつもりはない、と言った。愛は論理的でも理性的でもないからだ。しかし、第二の心はさらに彼女にかみついてきた。そこで、彼女は反論しないことにした。会話が静まって消えるまで、ただおとなしく聞くことにした。

すると、霧のようなものが彼女の思考を包み始めた。チャネリングが始まったのだ。言葉では言い表せないような平和な感覚が彼女を捉《とら》えた。まるで、彼女の天使の翼が砂漠全体を覆い、悪いことは何一つ起こらないように防いでいるかのようだった。チャネリングをする時はいつも、彼女は自分自身と宇宙への深い愛を感じた。

彼女は意識を失わないように目を閉じたままだったのに、大聖堂が目の前に現れ始めた。それは霧に包まれて浮かび上がってきた。一度も行ったことはないが、世界のどこかに実際にある大聖堂だった。チャネリングを始めたばかりのころは、はっきりしないイメージや意味のない言葉の混じった土着の歌などが出てくるだけだった。しかし今、彼女の天使は彼女に大聖堂を見せてくれていた。それは何かの意味を持っているようだったが、彼女にはまったく理解出来なかった。

最初はパウロもクリスもなんとか会話を始めようと努力していた。日が過ぎてゆくとともに、彼女は自分の天使をもっとよく理解出来るようになった。間もなく、彼女の母国語を話す人と交わす会話と同じくらい、はっきりとした対話になるだろう。それは時間の問題だった。

＊＊＊

パウロの腕時計が鳴った。20分たったのだ。チャネリングの終わりだった。

彼女は彼を見た。これから何が起こるのか、分かっていた。彼は一言も言わずに、悲しげにがっかりしてそこに座っているだろう。彼の天使は現れなかったのだ。二人はアホの小さなモーテルに戻り、彼女が寝ようとしている間に、彼は散歩に出かけて行くだろう。

彼女は彼が立ちあがるまで待ってから、自分も立ちあがった。しかし、今までに見たことのない輝きが彼の目にあった。

「僕は天使に会えるよ」と彼は言った。「会えると分かったのだ。僕は賭《か》けをした」

「賭けよ。あなたが天使とする賭けよ」とバルハラは言った。「天使が現れたら、彼としなければならない賭けよ」とは言わなかった。しかし、パウロはそのように彼女の言葉を解釈していた。彼は丸まる一週間ずっと、天使が現れるのを待っていた。そしてどのような賭けであっても賭けるつもりだった。天使は光であり、その光は人間の存在を正当化するものだったからだ。彼は今その光を信頼していた。14年前、闇を疑っていたのと同じだった。闇に裏切られたあの体験とは対照的に、光は前もって規則を決めていた。そのために、その規則を受け入れる者は誰でも、それを承知の上で愛と慈悲に身をささげることが出来るのだ。

彼はすでに、三つの条件のうちの二つは満たしていた。そして三番目の条件を満たすのはほとんど失敗していた。それは一番簡単なものだった！　しかし、天使は彼を守っていた。そして、チャネリングをしている間に、――ああ、天使と会話することを学んでいてどれほど良かったことか！――今やっと、彼は自分の天使に会えるということが分かったのだった。三番目の条件を彼は満たしたからだ。

「僕は契約を破った。僕は許しを受け入れた。そして今日、僕は賭けをした。僕は信じている。僕はバルハラが天使を見る方法を知っていると確信し、信じている」と彼は言った。

パウロの目は輝いていた。今夜は夜中の散歩も不眠もないだろう。彼は自分は天使を見るのだと、絶対的に確信したからだ。30分前まで、彼は奇跡を求めていた。しかし今や、それも大切ではなかった。

そして、その夜、眠れないのも、アホの人影のない道を歩き、愛する男が天使に会う必要があるのでどうぞ奇跡を起こしてくださいと神に願うのも、彼女の番なのだ。彼女の心臓はこれまでにないほど、ギュッと締め付けられた。おそらく、彼女は疑いを持つパウロのほうが好ましいのだ。奇跡を必要としているパウロ、信仰を失ったように見えるパウロのほうが好きなのだ。もし彼の天使が現れればそれはそれでよし。もし現れなければ、彼はいつだって、バルハラの教えが間違っていたと文句を言えるのだ。そのようにして、彼は天国への門が閉められた時、神が教える最も苦いレッスン、失望というレッスンを学ばずに済むだろう。

しかし、ここにはいま、天使と絶対に出会えるという確率に自分の命を賭けた男がいた。そしてその唯一のよりどころは、新しい世界がやってくると説きながら、砂漠を馬で駆け廻《まわ》っている女の言葉だった。

たぶん、バルハラは天使など、一度も見たことがないのだろう。または彼女にはうまくいったとしても、それが他の人にはうまくゆかないのかもしれないのだ。パウロはそう言ったではないか？　おそらく、パウロは自分自身の言った言葉を忘れたのだろう。

パウロの目の中の輝きを見た時、クリスの心はどんどん小さく縮んで行った。

そしてその瞬間、彼の顔全体が輝きだした。

「光だ！」と彼が叫んだ。「光！」

彼女は振り向いた。一番星が出たすぐ近くの地平線に、三つの光が空に輝いていた。

「光だ！」と彼がまた叫んだ。「天使だ！」

クリスはひざまずいて感謝をささげたいという強い衝動に駆られた。彼女の祈りが聞き届けられて、神が天使の一群を送ってきたのだ。

パウロの目は涙でいっぱいだった。奇跡が起こったのだ。彼は正しい賭けをしたのだ。

二人の左側から轟音《ごうおん》が聞こえた。そしてもう一つの轟音が真上からした。いまや、空には五つか六つの光が輝いていた。砂漠は明るく照らし出された。

一瞬、彼女は声を失った。彼女もまた、パウロの天使を見たのだ！　耳をつんざく轟音はますます大きくなってゆき、左や右へと向かい、頭上を通り過ぎて行った。それは天からではなく、後ろや横からやってきた。光のほうへと向かう荒々しい雷のような爆音だった。

ヴァルキリーズだ！　本当のヴァルキリーズ、ウォータンの娘たちが空を駆け巡り、戦士たちを連れてきたのだ！　彼女は恐怖で耳をふさいだ。

クリスはパウロが同じようにしているのを見た。しかし、彼の目は先ほどの輝きを失っていた。

巨大な火の玉が砂漠の地平線に噴出した。そして地面が二人の足の下で揺れ動くのが感じられた。空にも地にも雷が暴れていた。

「行きましょうよ」とクリスが言った。

「危険なことはないよ」と彼が答えた。「これは戦闘機だ。ここからずっと遠くを飛んでいる」

しかし、超音速戦闘機は音速の壁を破り、二人のすぐ近くまで、恐ろしい轟音をもたらしたのだった。

二人は抱き合ってその一大絵巻を驚きと恐怖の念を持って眺めた。そして今、地平線に火の玉と緑色の光が現れた。1ダース以上の光がゆっくりと空から降りてきて、砂漠全体を照らしだした。誰一人、何一つ、隠れることができないような明るさだった。

「これはただの軍の演習だよ」と彼はクリスを安心させた。「空軍だ。ここには基地がいっぱいあるからね。地図に出ていたんだ」パウロはクリスに聞こえるように大声でどならなければならなかった。「でも、あれが天使だと思いたいよ」

これは天使の道具よ、死の天使のね、とクリスは思った。

地平線に落ちてきた爆弾の黄色がかった強い光が、パラシュートでゆっくりとさがってきた緑色の光とまじりあった。その下にあるすべてのものがはっきりと見えた。

そして飛行機は爆弾を正確に落としていた。

演習は30分間続いた。そしてやってきた時と同じように、突然、飛行機が消え、砂漠に静寂が戻った。最後の緑色の光が地上に達して消えた。地面はもう、揺れていなかった。そして星がまた見え始めた。

パウロは深く息を吸った。そして目を閉じて気持ちを集中させた。僕は賭けに勝った。僕は絶対に賭けに勝ったのだ。彼の第二の心は行ったり来たりしながら、それは違うぞ、と言った。そして、それはみんなお前の想像にすぎない、お前の天使は姿を現しはしないだろう、と言った。しかし彼は人差し指の爪を痛さに耐えられなくなるまで、親指に突き刺した。痛みは必ず、ばかげた考えを消してくれるはずだ。

「僕は自分の天使に必ず会う」山をおりながら、彼はくり返した。

クリスの心がまたギュッと縮まった。しかし彼女は夫に自分が何を感じているか、見せたくなかった。素早く話題を変える唯一の方法は、彼女の第二の心の言葉に耳をかたむけ、パウロにそれが意味のあることかどうか、聞くことだった。

「あなたに聞きたいことがあるの」と彼女は言った。

「奇跡のことを聞くなよ。起こるかもしれないし、起こらないかもしれない。それだけだからね。そんなことを議論して、エネルギーを無駄に使うのはよそう」

「いいえ、そのことではないの」

彼女はためらった。パウロは彼女の夫だった。彼は誰よりも彼女のことをよく知っていた。彼女は彼の反応が怖かった。彼の言葉は他の人のそれよりも、ずっと大きな意味をもっていたからだ。しかし、自分はともかく質問しようと彼女は決心した。もうそれを心の中に閉じ込めておくことはできなかった。

「私は間違っていたと思う？　つまり、狩りの強烈な感覚を体験する代わりに、種まきをして自分の周りで作物が実るのを見守るだけで満足して、私は自分の人生を無駄にしてきたのかしら？」と彼女は尋ねた。

彼は空を見上げながら歩いていた。そしてまだ、賭《か》けについて、そして、飛行機について考えていた。

「僕はよくJのような人を見ている」と彼は言った。「Jのように、とても平和でその平和を通して神と出会う人たちだ。僕よりも先に天使と話せるようになった君を僕は見ている。そのためにここに来たのは僕だったのに。僕が窓の前に立って、こんなにも心の底から待ち望んでいる奇跡がなぜ起こらないのかと自問自答している間、君がぐっすりと眠っているのを見ている。そして自分に聞くのだ。僕こそ間違った道を選んだのだろうかと」

彼はクリスを見た。「どう思う？　僕は間違った道を選んだのだろうか？」

クリスは両手で彼の手をつつんだ。「いいえ、そうでなかったらあなたはとても不幸でしょうね」
「そしてもし君が僕の道を選んだとしたら、君も不幸だろう」
「このことをよく覚えておくわ」

＊＊＊

目ざまし時計が鳴りやむ前に、彼は音を立てずにベッドの上に起き上がった。彼は外を見た。まだ暗かった。

クリスは眠っていた。しばらく彼はクリスを起こして自分がどこへ行くか、知らせようかと思った。そして彼のために祈ってほしいと頼もうかと思った。しかしそれはしないことに決めた。帰ってきた時に、すべてを彼女に話すことが出来るのだ。危険な場所に行くわけではなかった。

彼はバスルームの電気をつけ、水道から水筒に水を口まで入れた。それから飲めるだけいっぱい水を飲んだ。どれほど長時間、そこにいることになるのか、彼はまったく分からなかったのだ。

服を着、地図を見て、彼は道順を暗記した。そして出発の用意が出来た。

しかし、自動車の鍵《かぎ》がどこにあるのか、見つからなかった。ポケットを探り、ナップザックの中を調べ、ベッドのわきのテーブルを見た。電灯をつけようかと思ったが、クリスを起こしてしまうかもしれなかった。それにバスルームから漏れる光で十分だった。もうこれ以上、探す時間はなかった。ここでの1分1分が、天使を待つために使える時間をそれだけ少なくしてしまうのだ。4時間後には、砂漠の暑さは耐えがたくなるだろう。

　クリスが鍵を隠したのだ、と彼は思った。彼女は今や以前とは別の女性だった。天使と話し、直感がますますさえてきていた。きっと、彼女は彼の計画を予測して、怖くなったのだろう。

　なぜ、彼女は怖がっているのだろうか？　バルハラとともに崖《がけ》の上にいる彼女を見たあの夜、彼とクリスは神聖な契約を結んだ。二度とふたたび、自分たちの命をこの砂漠で危険にさらすようなまねはしない、と約束したのだった。何回か、死の天使は二人のすぐ近くを通り過ぎて行った。そして自分たちの守護天使がどれほどがまん強いか試し続けるのは、賢いやり方ではなかった。クリスはパウロが決して約束を破ることはないと分かる程度には、彼のことをよく知っていた。彼が太陽が最初の光を投げかける前にそっと出かけようとしているのは、それが理由だった。つまり、夜の危険と昼間の危険を避けるためだったのだ。

　それにもかかわらず、クリスは心配して鍵を隠したのだろう。

　彼はクリスを起こすことにして、ベッドのそばに行った。そして足をとめた。

　そうなのだ、理由があるのだ。彼女は彼の安全や、彼が冒すかもしれない危険を心配していたのではないのだ。彼女は恐れていたが、それは違う種類の恐れだった。夫が敗北するのではないかという恐れなのだ。彼女はパウロが何かをしようとしているのを知っていた。二人が砂漠を離れるまで、あと二日しか残っていなかった。

君のしたことはいいことだな、クリス、と彼は苦笑いしながら思った。このような敗北を克服するには二年はかかるだろう。そしてその間ずっと、君はじっと僕に我慢し、眠れない夜を僕と一緒に過ごし、僕の不機嫌に耐え、僕のいら立ちを一緒に苦しまなければならないのだ。これは僕が賭けのやり方を学ぶ前の日々よりも、ずっとひどい毎日になるだろう。

彼は彼女の持ち物を探った。鍵はパスポートやお金が入っている彼女の安全ベルトの中にあった。そして彼は安全に関して約束したことを思い出した。すべては思い出させるためだったのだ。彼はすでに、砂漠では少なくとも行き先について知らせずに出かけてはいけない、ということを学んでいた。すぐに帰ってくることも、行き先は結局それほど遠くではないことも、そしてたとえ何か起こったとしても、徒歩で帰ってくることが出来ることも分かっていたにもかかわらず、彼は危険を冒さないことにした。約束していたからだった。

彼は浴室の洗面台に地図を置いた。そして泡の出るシェーヴィンググローションを使って、行き先の周りに円を描いた。グロリエッタ・キャニオンだった。

同じ方法で、彼は鏡にメッセージを書いた。

僕は間違いを犯さないよ

そして彼はスニーカーをはいて部屋を出た。

自動車の鍵でエンジンをかけようとした時、彼は自分の鍵をそこに置いたままであったことに気がついた。

彼女は鍵のコピーを作ったに違いない、と彼は思った。彼女は一体、何が起こると思ったのだろうか？　僕が砂漠の真ん中で彼女を見捨てるとでも思ったのだろうか？

その時彼は、自動車の中に懐中電灯を忘れた時にジーンが取った奇妙な行動を思い出した。鍵のおかげでパウロはこれから向かう場所を決めたのだった。彼が必要なすべての用心を行うように、天使が仕向けてくれたのだった。

＊

ボレゴスプリングスの町は人っ子ひとりいなかった。昼間と同じだ、と彼は思った。

彼はこの街での最初の夜を思い出した。その夜、二人は砂漠の土の上に横たわって、自分たちの天使がどのような姿なのか、想像しようとした。そのころはまだ、彼が望んでいたのは自分の天使と話すことだけだった。

彼は左折し、町を出てグロリエッタ・キャニオンに向かった。山は彼の右手にあった。ここに初めて来た時、その山を二人は車で下ってきたのだった。そのころは、と彼は思った。そして、それはそれほど昔のことではないことに気がついた。たった38日前だったのだ。

しかしクリスと同じように、彼の魂は何回もこの砂漠で死んだ。彼は秘密を追い求めてその答えを得た。そして太陽が恐ろしい死の手先に変わるのを見た。また、同時に天使のようでもあり、悪魔のようでもある女たちに出会った。もう忘れたと思っていた暗闇をもう一度体験した。そしてイエスにいつも話しかけていたにもかかわらず、自分が一度も救世主の許しを完全に受け入れたことがないことを発見した。

また彼は妻とも心を通わせることが出来た。それも、彼女を失ったと思いこんだその瞬間にだった。なぜならば（そしてクリスは決してそれを知ることはないだろうが）、彼はバルハラに恋をしたのだった。

それは彼が見せかけの愛と真実の愛の違いを学んだ時でもあった。天使と交信することと同じように、それは実はとても簡単なことだった。

バルハラは夢の女性だった。戦士であり、狩人《かりうど》だった。天使と話をする女性であり、自分の限界を超越するためには、どんな危険をも冒す用意が出来ていた。

彼女にとって、パウロは月のトラディションの指輪をはめた男、オカルトの秘密を知っている魔術師だった。また、天使を探しにすべてを捨てて出かけることが出来る冒険者だった。お互いにずっと、相手に惹《ひ》かれあうだろう。お互いに相手が自分の想像通りのものである限りは。

これは相手に夢中になるということだった。それは相手にどんなイメージか言わずに、その人のイメージを創造することなのだ。

しかしある日、親しくなってお互いの真の姿が明らかになった時、彼らは魔法使いとヴァルキリーの背後に男と女がいることを発見する。それぞれに力を持ち、多分、それぞれに貴重な知識を持っているが、しかし、その底では男と女であることを無視出来なかったのだ。それぞれに他のすべての人間が持つ苦しみとエクスタシーと強さと弱さを持っていた。

そして、二人のどちらかが真実の姿（正体）を顕《あらわ》した時、もう一方は逃げ出したいと思うだろう。それは彼らが作り出した世界の終わりを意味しているからだ。

満月を背景にして二人の女性がにらみ合い、相手を打ち負かそうとしていた崖の上で、彼は愛を発見した。そして愛とは、誰かと世界を分かち合うことだった。彼は二人のうち、一方をよく知っていた。そして彼女と彼の世界を共有していた。二人は同じ山を見、同じ木を見ていたが、お互いにそれらを違うように見ていた。彼女は彼の弱さ、憎しみや失望の瞬間を知っていた。それでも彼女は彼の味方だった。

二人は同じ宇宙を分かち合っていた。そして彼は、自分たちの宇宙にはすでにひとつとして秘密がないと感じることが多かったが、あのデス・バレイでの夜、その感覚が間違いであることを発見した。

彼は車を停めた。行く先には谷間が山の間を縫って続いていた。彼はこの場所を名前から選んだのだった。本当は天使はいつでもどこにでも存在するのだ。彼は車を降りて水を飲んだ。今では必ず車のトランクに水のボトルを何本も入れていた。そして水筒をズボンのベルトにくくりつけた。

彼はなおもクリスとバルハラについて考えながら、谷間へと歩いて行った。多分、僕はこれから何回も誰かに夢中になることがあるだろう、と彼は自分に言い聞かせた。彼はそれに何の罪悪感ももたなかった。誰かに夢中になるのは良いことなのだ。それは人生のスパイスであり、楽しみを与えるものなのだ。

しかし、それは愛とは違った。愛はすべてに値し、何物とも代えがたかった。

彼は細い谷間の入り口で足をとめて、眼下に広がる谷を見下ろした。地平線は赤く染まっていた。初めて見る砂漠の夜明けだった。野外で寝た時でさえ、目が覚めるとすでに太陽は昇っていた。

なんという美しい情景を僕は見逃していたのだろう、と彼は思った。遠くの山々の頂上は光を発していた。そしてピンク色の光線が砂漠に伸びてゆき、石や、水もないのにそこで生き延びている植物を染めて行った。彼はその光景をしばらく眺めていた。そして自分が書いた本のことを思った。その本の中のあるところで、羊飼いの少年、サンチャゴが砂漠を見はらすために山の頂上に登るところがあった。山の頂上ではないという事実を除けば、8ヶ月前に書いた光景と今いる場所の光景が全く同じであることに、彼は驚いていた。また、アメリカに入国した時の都市の名前の意味にも、やっと気が付いた。

ロスアンジェルス、――スペイン語で天使たちを意味していた。

しかし、今は途中にあったしるしについて考える時ではなかった。

「これがあなたの顔です。私の守護天使さま」と彼は声に出して言った。「私はあなたを見ています。あなたは常に私の前にいました。それなのに、私は一度もあなたに気付かなかったのです。私はあなたの声を聞いています。毎日、次第にはっきりと聞こえるようになってきています。私はあなたが存在していることを知っています。地球のあらゆる場所で、人々はあなたについて話しているからです。

たぶん、一人の人、または社会全体が間違っているのかもしれません。でもすべての社会、そして、すべての文明が、この地球のあらゆる場所で、常に天使について語ってきました。このごろは、子供や年寄りや予言者たちがあなたに耳を傾けています。彼らは何世紀にもわたって、天使について語り続けることでしょう。予言者や、子供たち、そして年寄りはいつの世にも存在しているからです」

青い蝶々《ちょうちょう》が彼の周りを舞って通り過ぎていった。彼の天使が答えているのだった。

「私は契約を破りました。そして許しを受け入れました」

その蝶はあちらからこちらへと飛び回っていた。彼は砂漠で白い蝶々はたくさん見ていた。しかしこの蝶は青かった。彼の天使は満足したのだ。

「そして私は賭《か》けをしました。あの夜、山の上で、私は私の信仰のすべてを、神に、人生に、私の仕事に、そしてJに賭けました。自分が持っているすべてのものを賭けたのです。目を開けた時、あなたが私に姿を見せてくれると賭けたのです。私は自分の全人生をはかりの一方の皿の上に載せました。そして、もう一方の皿の上にあなたの姿を載せるように、あなたにお願いしました。

私が目を開けた時、砂漠が私の前にありました。しばらくの間、自分は負けたのだと思いました。でもその時、あなたは私に話しかけてくださったのです。ああ、何と素晴らしい思い出でしょうか」

一条の光が地平線に現れた。太陽が生き生きと活動し始めたのだ。

「あなたが何を語ったか、覚えていますか？『周りを見なさい。これが私の顔です。

私はあなたがいる場所なのです。私のマントは昼間の太陽光線とともにあなたを覆います。そして夜には星の輝きとなってあなたを覆うのです』。私ははっきりとあなたの声を聞きました！

そしてあなたは言われました。『いつも私を必要としなさい』」

彼の心はやすらかだった。太陽が昇るまで待ち、そして自分の天使の顔をずっと見ていよう。そのあと、クリスに賭けのことを話そう。そして、天使を見るのは、天使と話すよりもずっとやさしいのだと、彼女に教えてあげよう。天使が存在すると信じ、天使を必要とすればよいだけなのだ。そうすれば、彼らは朝日のようにきらきらと輝いて姿を現して、守護と導きという彼らの仕事を行って助けてくれるのだ。それぞれの世代が次の世代へと天使の存在を伝え、自分たちが忘れ去られることのないようにするために。

何かを書きなさい、という声が彼の中で聞こえた。

おかしい。彼はチャネリングをしようともしていなかった。彼が望んでいるのは、自分の天使に会うことだけだった。

しかし、彼の中の何かが何かを書くようにと、彼に要求していた。彼は地平線と砂漠に集中しようとした。それしか出来なかったのだ。

彼は車に戻ると、ペンと紙を数枚持ってきた。これまで何回か、自動書記をした体験があったが、まじめに練習したことはなかった。Jは自動書記は彼のためのものではないと言った。そして、彼に与えられた本当の能力を探すべきだと助言したことがあった。

彼は手にペンを持って砂漠の土の上に座り、リラックスしようとした。しばらくすると、ペンが勝手に動き始めて、何かを書き始めるだろう。そしてそれは言葉になってゆくだろう。そのためには、彼は自分の意識を少しだけぼんやりさせて、何者かに、多分、精霊か天使に自分を乗っ取らせる必要があった。

彼は完全に身をゆだね、神の道具としての自分の役割を受け入れた。しかし、何も起こらなかった。何かを書きなさい、と彼の内なる声が再び言うのが聞こえた。

彼は怖かった。何かの霊によって乗っ取られたわけではなかった。彼はそのつもりがないのに、チャネリングをしていた。あたかも彼の天使がそこにいて、彼に話しかけているようだった。それは自動書記ではなかった。

彼はもう一度ペンをしっかりとにぎりなおした。言葉が表れ始めた。そして彼はその言葉を書き留めた。自分が何を書いているか考える暇もなかった。

シオンのために、私は黙りはしないだろう。

エルサレムのために、私は休みはしないであろう。

その正しさが朝日の輝きのように現れ、
その救済が燃えるたいまつのごとくになるまでは。

このようなことはそれまで起こったことがなかった。彼は自分の内なる声を聞き、
その言葉を書き留めていた。

あなたは主の口が定められる
新しい名前を以《もっ》てとなえられる。
また、あなたは主の手にある麗しい冠となり、
あなたの神の手にある王の冠となる。
あなたはもはや「捨てられたもの」とは言われず、
あなたの地はもはや「荒れたるもの」とは言われず、
あなたは「ヘフシバ」と唱えられ、
主はあなたを喜ばれ、あなたの地は配偶を得るからである。

彼はこの声と対話しようと試みた。そして誰に話すべきなのかと聞いた。
それはすでに言われている、と声が答えた。それは思い出されているだけだ。

パウロは喉《のど》のあたりに塊を感じた。これは奇跡だった。彼は神に感謝した。

金色の丸い太陽が地平線から昇ってきた。彼は紙とペンを置いて立ち上がり、両手を光の方向に差し出した。そして彼は祈った。希望のこの光が全部、指先から流れ込んで彼の心にずっと住みつきますように。それは新しい一日がこの地球の表面に住む何十億という人々にもたらす、希望のエネルギーだった。さらに彼は、新しい世界と天使と開かれている天国への門を常に信じられますようにと祈った。そして天使と聖母マリアに、自分と、自分が愛する人々、そして自分の仕事が守られますようにと祈った。

彼の天使からの秘密のサインに応じて、あの蝶々がやってきて彼の左肩にとまった。彼はじっと動かずにいた。もうひとつの奇跡が起こったからだった。彼の天使が答えてくれたのだ。

彼は宇宙がその瞬間、動きを止めたのを感じた。太陽も蝶々も、目の前の砂漠も静止した。

そして次の瞬間、彼の周りの空気が揺れた。それは風ではなかった。空気に衝撃が走ったのだ。高速バスに追い越される時に感じるのと同じものだった。締め付けられるような恐怖の震えが、彼の背骨を走った。

＊＊＊

誰かがそこにいた。

「振り向いてはいけません」という声が聞こえた。

心臓は高鳴り、彼はめまいを感じ始めた。それが怖れであることを彼は知っていた。強烈な怖れだった。彼は身動き一つしなかった。両腕は前に伸ばしたままだった。あの蝶々が彼の手にとまっていた。

僕は失神するだろう、と彼は思った。

「失神してはいけません」と声が言った。

彼は何とか自分をコントロールしようとした。しかし、両手は冷たくなり、彼は震えはじめた。蝶々が飛び去った。そして彼は両腕を下におろした。

「ひざまずきなさい」と声が言った。

彼はひざまずいた。何も考えられなかった。どこにも逃げるところはなかった。

「地面をきれいにしなさい」

彼は声が命じるままに、両手で自分の前の砂地を平らになるようにならした。彼の心臓は早鐘を打ち続けていた。そしてますますめまいがひどくなった。心臓マヒを起こしたのではないかとさえ思った。

「地面を見なさい」

強烈な光が、ほとんど朝日と同じほどに強い光が彼の左側に輝いた。彼はそれを直接見たいとは思わなかった。そしてすべてが早く終わるようにとだけ、願っていた。しばらくの間、彼は子供のころ、聖母マリアの顕現を教えられた時のことを思い出した。彼は子供ながらに、絶対に聖母マリアに彼の前に現れるように命じないでくださいと神にお願いして、多くの夜を眠らずに過ごしたのだった。想像しただけで、とても怖かったから。本当に恐ろしかった。

それは今、彼が体験しているのと同じ恐怖だった。

「地面を見なさい」と声がくり返した。

彼は自分がきれいにしたばかりの地面を見下ろした。そしてその時、太陽と同じように輝く金色の腕が現れて、砂の上に何かを書き始めた。

「これが私の名前です」と声が言った。

恐ろしいめまいが続いていた。心臓の鼓動はますます速くなっていた。

「信じなさい」という声が聞こえた。「門はしばらく開いています」

彼は残っているわずかな力をすべてかき集めた。

「私は何かを言いたいのです」と彼は大きな声に出して言った。太陽の熱で彼は力を取り戻しつつあるようだった。

何も聞こえなかった。答えはなかった。

＊

一時間後、クリスが到着した。彼女はホテルの主人を起こし、ここまで彼女を連れてゆくように要求したのだった。彼はまだ、砂の上に書かれた名前を見つめていた。

＊＊＊

パウロがセメントを用意するのを、他の二人が見守っていた。

「砂漠の真ん中でなんという水の無駄遣いなんだろう」とジーンが冗談を言った。

クリスは、からかわないで、まだパウロはヴィジョンを見た衝撃を感じているのだから、と彼に頼んだ。

「あの詩句がどこからきているのか、私は見つけましたよ」とジーンが言った。「イザヤ書からです」

「なぜ、その一節なのかしら？」とクリスが尋ねた。

「分かりません。でも、この一節をおぼえておきます」

「これは新しい世界について語っているのよね」と彼女は続けた。

「たぶん、そのせいなのでしょう。たぶん」とジーンが答えた。

パウロが二人に呼びかけた。

三人は天使祝詞を唱えた。そしてパウロは岩のてっぺんまで登り、セメントを広げ、その上にいつも彼が持って歩いている聖母像を置いた。

「たぶん、監視員がそれを見つけたら、すぐに取り去るでしょうね」とジーンが言った。「彼らは砂漠を花壇であるかのように、注意深く見回っていますからね」

「たぶんね」とパウロが言った。「でも、そうなってもこの場所にはまだしるしが残る。ここはこれからずっと、僕の聖なる場所のひとつなのだ」

「いや、聖なる場所とは個人的な場所ですよ。ここでは、聖句が書かれました。すでに存在していた聖句がね。希望を語っているが、すでに忘れられている聖句が」

パウロはそのことは今は考えたくなかった。まだ彼は恐怖にとらえられていた。

「この場所には、世界の魂のエネルギーが感じられます」とジーンが言った。「そして、それはここで永遠に感じられるでしょう。ここはパワースポットなのです」

三人はパウロがその上でセメントをかき混ぜたプラスティックのシートを集め、それを車のトランクに入れた。そしてジーンを彼の古いトレーラーへと送り届けるために出発した。

「パウロ！」さよならを言う時になって、ジーンが叫んだ。「トラディションの古い言い伝えを知っておくといいと思います。神は人を狂わせようとする時、その人のすべての望みをかなえてくれる」

「そうかもしれない」とパウロが答えた。「でもそれだけの価値があるね」

「さあ、終わった」

エピローグ

天使が現れてから一年半たったある日の午後、ロスアンジェルスからリオにいる私のところに一通の手紙が届いた。それはアメリカに住んでいるブラジル人の読者からだった。リタ・デ・フレイタスというその女性は、『アルケミスト』の熱烈なファンだった。

私は早速、衝動のおもむくままに彼女に手紙を書いた。そしてボレゴスプリングスの近くにある渓谷に行って、アパレシーダの聖母像がまだそこにあるかどうか見てきて欲しいと頼んだ。

その手紙を投函《とうかん》した後、私は思った。こんなことをするなんて、かなりばかげているぞ。この女性は私のことを知りもしない。彼女は単なる読者で、やさしい言葉を私に言いたかっただけなのだ。それに私が頼んだとしても、彼女はそんなことをしてはくれないだろう。車に乗って砂漠まで6時間運転し、小さなマリア像がそこにまだあるかどうかなど、見に行くはずはないだろう。

ところが、1989年のクリスマスの直前、私はリタから手紙を受け取った。その一部をここに引用しよう。


いくつかの素晴らしい「偶然の一致」がありました。感謝祭の休日をはさんで、一週間の休暇を取ることが出来ました。私のボーイフレンド（アンドレアというイタリア人のミュージシャンです）と私はどこかいつもとは違う場所に行こうと計画していました。

その時、あなたの手紙が届いたのです。そしてあなたが書いてきた場所は、アメリカ先住民居留地のすぐ近くでした。そこで、私たちはそこに行くことにしたのです。……そこに着いて三日目、私たちはその渓谷を探しにゆきました。そして見つけたのです。その日はちょうど、感謝祭の日でした。私たちはゆっくりと運転していたのですが、マリア像のしるしは見えませんでした。私たちは渓谷のつきあたりまで行き、そこで車を停めて、崖《がけ》の頂上まで登り始めました。見えるのはコヨーテの足跡だけでした。

この時点で、マリア像はすでにここにはないのだろう、と私たちは結論を出しました。

た……。

車で谷間を戻る途中、私たちは岩の間に咲いている花を見つけました。そこで、車を停めて外に出ました。するとそこに何本かの小さなろうそくが灯《とも》され、蝶々《ちょうちょう》の柄を織り込んだ金色の布と麦わらでできたバスケットがそのそばにあるのを見つけました。この場所こそ、マリア像が置かれていた場所に違いないと私たちは思いました。でも、すでにマリア像はありませんでした。

面白かったのは、私たちが最初にそこを通り過ぎた時には、そのどれも確かにそこにはなかったという事実です。写真を撮ってから、私たちはまた先へと進みました。写真を同封します。

渓谷の出口まで来た時、私たちは白い服を着た女性を見ました。彼女の服装はアラビア人のようでした。ターバンを巻き、長いチュニックを着ていたのです。そして彼女は道の真ん中を歩いていました。とても奇妙でした。どうして、このような女性がどこからともなく、砂漠の真ん中に現れることが出来るのでしょう？

私は思いました。この女性はあの花を置き、ろうそくをつけた人なのだろうか。車はどこにも見えませんでした。彼女は一体どのようにしてここに来たのでしょうか。私にその女性に話しかける勇気がなかったことが、自分でもとても不思議です。

リタが送ってくれた写真を見ると、そこはまさしく私がマリア像を置いた場所だった。

その日は感謝祭の日だったのだ。そしてその日、そこに天使がいたことは確かだと思う。

私がこの本を書いたのは、第三次世界大戦が終わってすぐの1992年1月と2月であった。この大戦は従来の武器を使った闘いよりもずっと巧妙な戦いだった。トラディションによれば、この戦争は1950年代にベルリン封鎖とともに始まり、ベルリンの壁が崩壊した時に終わった。それまでの戦争の時と同じように、勝者は敗れた帝国を分割した。起こらなかったことは、核による大量虐殺だけだった。そしてそれはこれからも起こることはないであろう。神の御業《みわざ》は人間によって滅ぼされるには、あまりにも偉大すぎるからである。

トラディションによると、今、新しい戦争が始まっている。それはさらに洗練された戦いであり、誰一人生き残ることが出来ない戦いなのだ。なぜならば、この戦いを通して、人間の成長が完成するからである。私たちは二つの軍隊を目撃している。ひとつの側には、いまだに人間を信じ、私たちの次のステップは個人の才能を開くことであると知っている人々がいる。もう一方は、未来を否定する人々である。彼らは命には物質的な終わりがあると信じている人々と、信仰は持っているものの、自分たちは悟りへの道を発見したと信じ、他の人々も彼らと一緒にその道を歩んでほしいと思っている人々だ。

そのために、天使は戻ってきて私たちに付き添う必要があるのだ。天使だけが私たちに道を教えることが出来るからだ。他に誰もそれが出来る者はいない。私が自分の体験をこの本で皆さんにお話ししたように、私たちは自分の体験を分かち合うことが出来る。しかし、この成長にはこれという処方箋《しょほうせん》はない。神はその知恵や愛を私たちにふんだんに与えてくださっている。そしてそれを見つけるのは簡単で、とても容易なことである。ただチャネリングを理解すればよいのだ。しかしそれはあまりにもシンプルなプロセスであり、私はそれを認め、受け入れるのがとても難しかった。この戦いはほとんどが霊的な次元で行われていて、私たちを危険から守り、勝利へと導くために刀剣や楯《たて》をふるうのは、私たちの守護天使である。しかし、私たちの責任もとても大きい。今この時代、私たちは自分自身の力を発達させる必要がある。そして宇宙は私たちの部屋の壁で終わっているわけではないことを信じなければならない。そして宇宙からのサイン（合図）を受け入れ、自分たちの心と夢に従わなくてはならないのだ。

私たちはこの世界で起こるすべてのことに責任を持っている。私たちは光の戦士である。愛と意志の力によって、私たちは自分の運命を変え、また、多くの人々の運命をも変えることが出来るのだ。

飢餓の問題が、パンを何倍にも増やすという奇跡によって解決される日も来るだろう。愛がすべての人々によって受け入れられ、飢餓よりももっとつらい孤独という人間にとって最も恐ろしい体験が、地球上から払拭される日も来るだろう。門をたたく者たちが門は開いていることに気付く日が、そして願う者が受け取る日が、泣く者が慰められる日が、やがてやって来るだろう。

地球という惑星にとって、その日はまだはるか遠くにある。しかし私たち一人ひとりにとって、その日は明日《あした》かもしれない。唯《ただ》、簡単なひとつのことを受け入れればよいからだ。愛、神の愛、そして他の人々の愛が私たちに道を教えてくれるのだ。私たちの欠点も危険な深みも、抑圧された憎しみや弱さと絶望の瞬間も、どれも重要ではない。自分の夢を探しに行けるようになるために、まず自分自身を癒《いや》さなくてはならないと望んでいるのであれば、私たちは絶対に天国には行きつけないだろう。その反対に、もし私たちが自分の欠点や弱さをありのままに受け止め、欠点や弱さがあったとしても、自分は幸せな人生を送るに値すると信じるならば、愛が入ってくるための巨大な窓を開け放すことが出来るのだ。そして私たちの欠点はすこしずつ、消えてゆく。なぜならば、幸せな人は世界を愛だけを持って見ることが出来るからである。愛こそ宇宙に存在するすべてのものを再生する力なのだ。

ドストエフスキーの『カラマーゾフの兄弟』の中に、大審官の話が出てくる。それをここで簡単に紹介しよう。

セビリアで宗教裁判が行われ、教会に同意しないすべての人々が投獄されるか、火あぶりの刑に処せられた時、キリストが地上に再臨し、大勢の人々の中に紛れこんだ。大審官は彼の存在に気付き、彼を投獄するように命じた。

その夜、彼はイエスをその独房に訪ねた。そして、なぜ特にこの時、地上に戻ることにしたのか、イエスに質問した。「あなたは我々の仕事を難しくしている」と大審官は言った。「あなたの考えは素晴らしいが、それを実行出来るのは私たちなのですよ」。そして次のように言い放った。将来、宗教裁判は厳しすぎると批判されるかもしれないが、これは必要であり、自分はすべき仕事をしているだけなのだ。人々の心が常に戦争をしている時に平和を語っても無駄であり、人々の心にこれほどの憎しみがある時によりよい世界について話しても役に立たない。人間がまだ罪悪感を持っている時に、人類の名においてイエスが自分自身を犠牲にしても、無駄なことであった。「あなたはすべての人は平等である、人はみな内なる神聖な光を持っているとおっしゃった。しかし、人々が不安を持ち、自分たちを導いてくれる誰かを必要としていることをあなたは忘れていた。私たちの仕事を今よりも難しくしないで欲しい。消えてください」。壮大な議論を繰り広げて、大審官はイエスに言ったのだった。

彼の議論が終わった時、独房は静寂に満たされた。そしてイエスは大審官のもとに行き、彼のほおにキスした。

「あなたが正しいのかもしれません」とイエスは言った。「でも、私の愛はそれよりも強いのです」

＊

私たちは一人ではありません。世界は変化しつつあります。そして私たちはその変容の一部です。天使たちは私たちを守り、導いています。世界のあらゆる不公正にもかかわらず、愛は何よりも強く、私たちの成長を助けてくれることでしょう。私たちの世界には不当だと思われる事柄は星の数ほど存在します。自分には受け取る価値がないと思うこともいっぱい起こります。人々や世界を苦しめている物事を変えることなど、到底不可能だと感じる時もあります。そしてあの大審官の大議論もあります。でもそれらすべてにもかかわらず、愛は何よりも強く、そして私たちの成長を助けてくれるでしょう。その時やっと、私たちは星たちや数々の奇跡を信じることが出来るようになるのです。

作者の言葉

『ヴァルキリーズ』を読んでくださった方は、この本が『アルケミスト』や『星の巡礼』とは非常に違うことを発見するでしょう。

この本を書くのは、とても難しい仕事でした。第一に、読者の皆さんに繊細な感覚を要求する事柄を扱っているからです。第二には、私はすでにこの物語を多くの人々に話してきました。そのために、書き下ろす力がすでに消耗しているのではないかと、恐れていたからです。この恐怖は最初の一ページから最後の一ページまで、ずっと残っていました。でもありがたいことに、それは怖れにすぎませんでした。

第三のそして最も重要な理由は、起こった出来事を述べるためには、私の人生の細かい事柄、結婚、他の人々との関係、私が属している魔法のトラディションと自分自身を分かつわずかな距離などを、正直に明かす必要があったからです。どの人にとってもそうであるように、自分の弱さや個人的な生活を人前にさらすことは、私にとって容易ではありませんでした。

しかし、『星の巡礼』で明らかにしたように、魔法への道は普通の人々の道です。人はマスター、つまり自分を導いてくれる先生を持ち、神秘のトラディションにしたがい、儀式を行うために必要な訓練を積むことも出来ます。しかし、霊的な道には多くの出発点が用意されています（そのために、探究者は「イニシエイト」、つまり何かを常に始める人と呼ばれています）。そして大切なことは、ただ一つ、先へ進む強い意志だけなのです。

『ヴァルキリーズ』は魔法使いの背後に存在する生身の男を明確に描き出しています。そしてこれは「完全なる人間」、つまりすべてに関して完全な真理を持っている人物を探している人々を落胆させるかもしれません。しかし真の探究者は、霊的な道は私たちの欠点や短所よりも、ずっと強力であることを知っています。神は愛であり、寛容であり、許しです。もしこれを信じさえすれば、私たちは自分たちの弱さによって動けなくなることはないでしょう。

この本で語っている出来事は、１９８８年9月5日から10月17日の間に起こりました。いくつかの出来事の時間的な順序は変えてあります。また、読者がもっとよく理解出来るようにするために、二箇所だけ、フィクションを用いたところがあります。しかし重要な出来事はすべて本当のことです。エピローグで引用した手紙はリオデジャネイロの「件名と資料登記所」に4780038の番号で登録されています。

パウロ・コエーリョ

訳者あとがき

本書の著者、パウロ・コエーリョは世界的な名作、『アルケミスト』を書いた作家であり、現在、世界で最もよく読まれている現代作家の一人と言われています。『ヴァルキリーズ』は『星の巡礼』『アルケミスト』『ブリーダ』の次に書かれた彼の第四作目です。原著はポルトガル語で書かれ、1992年にブラジルで出版されました。その後1995年にアラン・クラークの英訳によって、アメリカで出版されています。本書はこの英語版から日本語に翻訳しました。

パウロ・コエーリョは作家になって以来、ほぼ二年に一作の割合で作品を発表しています。彼の作品には精神世界的な要素、つまりスピリチュアルな世界を扱った作品がかなりありますが、特に初期の作品は彼の魔法や霊的な次元に対する興味をそのまま作品に表しているものがほとんどです。

この『ヴァルキリーズ』はヨーロッパに中世から伝わるRAM教団で魔法修行を行っていたパウロ自身の体験を、ほとんどそのまま書きつづった物語です。彼の作家としての第一作目である『星の巡礼』も、同じように彼の魔法修行の体験を描いています。『星の巡礼』では、彼はRAM教団の師からスペイン巡礼の道を歩くように命じられ、ペトラスという先導者に巡礼路を導かれながら自己探求を行っています。この旅によって彼は自分が持つ真の力に目覚め、その結果、名作『アルケミスト』という作品を生みだすことができました。

本書『ヴァルキリーズ』は、彼が出来上がった『アルケミスト』のオリジナル原稿を、魔法修行の師であるJにリオデジャネイロで手渡すところから始まります。その意味では、まず『星の巡礼』をお読みいただいてから本書を読んでいただくと、パウロが属している「トラディション」とは何か、彼が一体何を追求しているのか、理解しやすいと思います。しかし、本書だけを読んでいただいても十分に楽しめる作品です。

『アルケミスト』が素晴らしい作品であると知ったJは、しかし彼に「天使と話す」と言う課題を与えました。その課題を果たすために、パウロは妻のクリスと二人でアメリカのモハベ砂漠へと、40日間の旅に出発しました。

そこで待っていたものは、思いもかけない過酷な体験や出会い、深い自己探求の道でした。馬に乗って広大な砂漠の町々を駆け巡る8人の女性グループ、ヴァルキリーズの後を追って旅をしながら、パウロとクリスは頭の中の無意識の思考である第二の心に意識を向け、またチャネリングを練習します。そしてヴァルキリーズの助けによって、自分の成功や幸せを阻害し破壊する、自分で自分に課した契約を破ることができました。ついに天使と出会い、天使の声を聞くことが出来たパウロは、新しい人生に乗り出してゆきます。

『ヴァルキリーズ』は、すべての人が見つけ出さなければならない自分の内にある真の力、何でも可能にする能力を見つけ出す物語です。私たちはみな、素晴らしい力、パワーを秘めています。その力を思い切り発揮する人生を送る人もいれば、まったくその力に気付かず、それを使わずに、鬱々《うつうつ》として人生を送る人もいます。これまでは、ほとんどの人が自分の持つ偉大な力に気付かずに生きてきました。でも今、私たちはその力を発見し、それを思い切り発揮して生き生きとした人生を送る必要があります。社会通念、子供時代に教え込まれ自分で自分に刷り込んでしまった制限的な考え方、つらい体験によって自分で作り上げた壁や思い込みなどによって、私たちは自分に限界を設け、自分の力を見失っています。そして人生の成功が目の前にやってきても、それをつかみ取ることが出来ません。自分の力を取り戻して生き生きとした人生を送るためには、こうした制限や思い込みに気付き、それを捨てる必要があるのです。パウロはその思い込みや自分に対する制限を捨てるために、アメリカの砂漠を40日間もさまよう必要があったのです。この本のもう一人の主役は彼の奥さん、クリスです。クリスは魔法には全然興味を持っていませんでしたが、それでも夫が行っている修行をそばで見ていただけに、どこかでその神髄は理解していたのでしょう。それに女性である彼女は、直感的に何かをつかむのが上手だったのかもしれません。パウロと一緒に砂漠を旅しながら、彼女はどんどん変わってゆきます。そしてついに自分の内にある素晴らしい力を発見したのでした。

パウロの体験は誠にドラマティックなものでありましたが、しかし彼もこの作品の中で言っているように、こうしたプロセスは私たちのだれもが体験していることであると言えるでしょう。今、世界中で進行中の私たちの目覚めとは、自分自身を知り、自分で作り出した制限や自滅的な思い込みに気付き、それを手放し、本来の自分が持つ力を見つけ出して、その力を発揮することだからです。

そのプロセスをパウロのように劇的な状況で行う人もいれば、ごく日常的な仕事の場、家庭の場、病気や金銭的な問題などを通して行う人もいます。自分で作り出した制限や限界や自滅的な思い込みを捨て、自分に成功と幸せを許すようになるためには、それぞれの道が用意されているのです。

彼のもっとも有名な作品である『アルケミスト』は、私たちの翻訳で地湧社から1994年に日本語版が発売になりました。『アルケミスト』は日本ではすぐにはベストセラーになりませんでしたが、多くの読者に深い感動を与え、少しずつ彼のファンが日本でも増えてゆきました。そこでその翌年の1995年、地湧社がパウロを日本に招いて、東京での講演会と河口湖でのセミナーを開くことになりました。また私たちは彼の作家としての第一作目である『星の巡礼』を訳して、地湧社からこの年に発売しています。それとほぼ同時に、この『ヴァルキリーズ』の英語版がアメリカで発売になりました。

私たちはすぐに英語版を取り寄せました。読んでみると、その物語は私たちのそれまでの体験と、形はまったく違うとはいえ、自分の制限を捨てる、自分を許すプロセスなど、とてもよく似ていました。しかも、アメリカ西部の砂漠の情景やヴァルキリーズの女性たち、パウロとクリスの関係など、この小説は魅力に満ちていました。

パウロの河口湖での1泊2日のセミナーには私たちも招かれて、パウロと仲良しになりました。『ヴァルキリーズ』の中でパウロが旅した場所に行きたいと、私たちはふと思いました。彼にそう伝えると、彼はすぐに私たちに課題として、砂漠の真ん中の街、ボレゴスプリングス、アリゾナ州のツーソン、カリフォルニア州のデス・バレイに行くようにと言って、地図を描いてくれました。それはまさに、彼がJに命じられたのと同じような課題でした。

その6ヶ月後、私たちはアメリカに行き、レンタカーで彼が命じた場所へと向かいました。その旅はたった二週間でしたが、まさに一つの小説が書けるような不思議な旅になりました。

私たちはずっとこの本を訳したくて、パウロに許してくれるように頼んでいたのですが、なかなか許可が下りませんでした。それがやっと、二年前に「訳してもいいよ」という許可をもらいました。喜び勇んで訳し始めると、許可がおりなかった15年間、私たちも成長したのでしょうか、以前に読んだ時には気付かなかった部分や、十分に理解していなかったところが沢山ありました。私たちの理解が深まり、霊的な成長が高まるまで、この本を訳してはいけなかったのかも知れません。何事にも時がある、すべてはもっともよい時に起こる、ということなのでしょう。

アメリカの砂漠地帯を舞台にしたこの物語は、広い空、茶色い砂漠、生物が生きることの出来ない荒野など、日本では味わえない無限の大地へと、私たちの想像力を広げてくれます。それとともに不思議な魔法の世界へと、私たちをいざなってくれることでしょう。

２０１３年春に単行本が発売されてから3年後、今回は角川文庫の一冊にこの本が付け加えられることとなりました。訳者として、とても嬉しく、感謝しています。この3年間で、世界中で人々の意識が大きく変わってきているのを感じます。自分自身が何ものであるか、真実の魂の世界とは何かについて、人々の理解が急速に深まっているのです。そうしたときに、『ヴァルキリーズ』が文庫本として発売されて、今までよりも多くの方に読んでいただけるようになるのも、宇宙の計らいかもしれません。

パウロのファンだけでなく、自分自身の人生を変えたいという人たちにぜひ、読んで欲しいと思います。

文庫本化に際して、ＫＡＤＯＫＡＷＡの菅原哲也さん、藤田有希子さんにまたまたお世話になりました。いつも本当にありがとうございます。そしてこの本を訳すことを20年ぶりに許可してくれたパウロにも、ありがとうと伝えたいと思います。

２０１６年5月

山川紘矢・山川亜希子

本書は平成二十五年二月に小社より刊行された単行本を文庫化したものです。

ヴァルキリーズ

パウロ・コエーリョ　山《やま》川《かわ》紘《こう》矢《や》・山《やま》川《かわ》亜《あ》希《き》子《こ》＝訳

平成28年 6月25日　初版発行

発行者●郡司 聡

発行●株式会社KADOKAWA
〒102-8177　東京都千代田区富士見2-13-3
電話 0570-002-301（カスタマーサポート・ナビダイヤル）
受付時間 9:00〜17:00（土日 祝日 年末年始を除く）
http://www.kadokawa.co.jp/

角川文庫 19826

印刷所●旭印刷株式会社　製本所●本間製本株式会社

表紙画●和田三造

ISBN978-4-04-104038-6　C0197

角川文庫発刊に際して

角川源義

第二次世界大戦の敗北は、軍事力の敗北であった以上に、私たちの若い文化力の敗退であった。私たちの文化が戦争に対して如何に無力であり、単なるあだ花に過ぎなかったかを、私たちは身を以て体験し痛感した。西洋近代文化の摂取にとって、明治以後八十年の歳月は決して短かすぎたとは言えない。にもかかわらず、近代文化の伝統を確立し、自由な批判と柔軟な良識に富む文化層として自らを形成することに私たちは失敗して来た。そしてこれは、各層への文化の普及滲透を任務とする出版人の責任でもあった。

一九四五年以来、私たちは再び振出しに戻り、第一歩から踏み出すことを余儀なくされた。これは大きな不幸ではあるが、反面、これまでの混沌・未熟・歪曲の中にあった我が国の文化に秩序と確たる基礎を齎らすためには絶好の機会でもある。角川書店は、このような祖国の文化的危機にあたり、微力をも顧みず再建の礎石たるべき抱負と決意とをもって出発したが、ここに創立以来の念願を果すべく角川文庫を発刊する。これまで刊行されたあらゆる全集叢書文庫類の長所と短所とを検討し、古今東西の不朽の典籍を、良心的編集のもとに、廉価に、そして書架にふさわしい美本として、多くのひとびとに提供しようとする。しかし私たちは徒らに百科全書的な知識のジレッタントを作ることを目的とせず、あくまで祖国の文化に秩序と再建への道を示し、この文庫を角川書店の栄ある事業として、今後永久に継続発展せしめ、学芸と教養との殿堂として大成せんことを期したい。多くの読書子の愛情ある忠言と支持とによって、この希望と抱負とを完遂せしめられんことを願う。

一九四九年五月三日

角川文庫海外作品

アルケミスト　夢を旅した少年

パウロ・コエーリョ
山川紘矢・山川亜希子＝訳

羊飼いの少年サンチャゴは、アンダルシアの平原からエジプトのピラミッドへ旅に出た。錬金術師の導きと様々な出会いの中で少年は人生の知恵を学んでゆく。世界中でベストセラーになった夢と勇気の物語。

星の巡礼

パウロ・コエーリョ
山川紘矢・山川亜希子＝訳

神秘の扉を目の前に最後の試験に失敗したパウロ。彼が奇跡の剣を手にする唯一の手段は「星の道」という巡礼路を旅することだった。自らの体験をもとに描かれた、スピリチュアリティに満ちたデビュー作。

ピエドラ川のほとりで私は泣いた

パウロ・コエーリョ
山川紘矢・山川亜希子＝訳

ピラールのもとに、ある日幼なじみの男性から手紙が届く。久々に再会した彼から愛を告白され戸惑うピラール。しかし修道士でヒーラーでもある彼と旅するうちに、彼女は真実の愛を発見する。

第五の山

パウロ・コエーリョ
山川紘矢・山川亜希子＝訳

混迷を極める紀元前9世紀のイスラエル。指物師として働くエリヤは子供の頃から天使の声を聞いていた。だが運命はエリヤのささやかな望みをかなえず、苦難と使命を与えた……。

ベロニカは死ぬことにした

パウロ・コエーリョ
江口研一＝訳

ある日、ベロニカは自殺を決意し、睡眠薬を大量に飲んだ。だが目覚めるとそこは精神病院の中。後遺症で残りわずかとなった人生を狂人たちと過ごすことになった彼女に奇跡が訪れる。

角川文庫海外作品

悪魔とプリン嬢

パウロ・コエーリョ
旦 敬介＝訳

「条件さえ整えば、地球上のすべての人間はよろこんで悪をなす」悪霊に取り憑かれた旅人が、山間の田舎町を訪れた。この恐るべき考えを試すために――。

11分間

パウロ・コエーリョ
旦 敬介＝訳

セックスなんて11分間の問題だ。脱いだり着たり意味のない会話を除いた〝正味〟は11分間。世界はたった11分間しかかからない、そんな何かを中心にまわっている――。

ザーヒル

パウロ・コエーリョ
旦 敬介＝訳

満ち足りた生活を捨てて突然姿を消した妻。彼女は誘拐されたのか、単に結婚生活に飽きたのか。答えを求め、欧州から中央アジアの砂漠へ、作家の魂の彷徨がはじまった。コエーリョの半自伝的小説。

ポルトベーロの魔女

パウロ・コエーリョ
武田千香＝訳

悪女なのか犠牲者なのか。詐欺師なのか伝道師なのか。実在の女性なのか空想の存在なのか――。謎めいた女性アテナの驚くべき半生をスピリチュアルに描く傑作小説。

ブリーダ

パウロ・コエーリョ
木下眞穂＝訳

アイルランドの女子大生ブリーダの、英知を求めるスピリチュアルな旅。恐怖を乗り越えることを教える男と、魔女になるための秘儀を伝授する女がブリーダを導く。愛と情熱とスピリチュアルな気づきに満ちた物語。

角川文庫海外作品

宇宙からの手紙

マイク・ドゥーリー
山川紘矢・山川亜希子＝訳

もし宇宙からあなたに、人生を豊かにするためのメッセージが毎日届いているとしたら……？　『ザ・シークレット』の賢者が、そんな宇宙からの言葉を愛情たっぷりに伝えてくれる、心癒やす人気シリーズ第一弾。

宇宙からの手紙2

マイク・ドゥーリー
山川紘矢・山川亜希子＝訳

『ザ・シークレット』の賢者、マイク・ドゥーリーが、宇宙からあなたに届く愛のメッセージを伝えてくれます。開いたページにあなたに必要な言葉がきっと載っているはず。幸せを感じる一冊。

宇宙からの手紙3

マイク・ドゥーリー
山川紘矢・山川亜希子＝訳

「幸せ」は特別なことがなくても、普段の生活の中でたくさん見つけられます。幸せをキャッチする力を高めるために、ぜひ読みたい宇宙から届くメッセージ集第3弾。心がけひとつで人生は変わります！

アウト・オン・ア・リム

シャーリー・マクレーン
山川紘矢・山川亜希子＝訳

実りのない恋が、思わぬ体験に彼女を導いた。行動派で知られる女優が、数々の神秘体験をきっかけとして、本当の自分、神、宇宙について学びながら、大いなる世界に目覚めていく過程を綴る。

世界最強の商人

オグ・マンディーノ
山川紘矢・山川亜希子＝訳

ハフィッドは師から成功の秘訣が書かれた10巻の巻物を譲られる。教えに従い成功したハフィッドは巻物を継ぐ人物を密かに待ち続ける。現れた青年とは……。人生成功の原理をわかりやすく説く大人の寓話。

角川文庫海外作品

第十二の予言
決意のとき
ジェームズ・レッドフィールド
山川紘矢・山川亜希子＝訳

「霊的知識の学び」の重大な秘密が記された古代文書の一部を手に入れた「私」とウィルは、全12部あるというその文書を探す旅に出る。導かれたのはパワースポット、セドナ。突然目の前に現れた人々とは……！

富を「引き寄せる」科学的法則
ウォレス・ワトルズ
山川紘矢・山川亜希子＝訳

お金や資産は、「確実な方法」にしたがって物事を行った結果、手に入るものです。この確実な方法にしたがえば、だれでも間違いなく豊かになれるのです――。百年にわたり読み継がれてきた成功哲学の名著。

新訳 道は開ける
D・カーネギー
田内志文＝訳

「人はどうやって不安を克服してきたか」人類の永遠とも言えるテーマに、多くの人の悩みと向き合ってきたカーネギーが綴る、現代にも通ずる「不安、疲労、悩み」の克服法。名著『道は開ける』の新訳文庫版。

富と成功をもたらす7つの法則
ディーパック・チョプラ

願望を実現する力を持ち、愛と喜びに満ちた人生を送ることが真の「成功」。政治家やアーティストら多くのセレブに支持されるチョプラ博士が、成功に導く7つの法則について書いた名著、待望の文庫化！

癒す心、治る力
アンドルー・ワイル
上野圭一＝訳

人には自ら治る力がそなわっている。現代医学から自然生薬、シャーマニズムまで、人が治るメカニズムを究めた博士が、臨床体験をもとに治癒例と処方を記し世界的ベストセラーとなった医学の革命書。

角川文庫海外作品

心身自在
アンドルー・ワイル
上野圭一＝訳

現代医学からシャーマニズムまで、人が〈治る〉メカニズムを究める著者が自発的治癒力を甦らせ、身体を、そして人生をも変えていく方法を提示する。『癒す心、治る力』の実践編。

新訳ハムレット
シェイクスピア
河合祥一郎＝訳

デンマークの王子ハムレットは、突然父王を亡くした上、その悲しみの消えぬ間に、母・ガードルードが、新王となった叔父・クローディアスと再婚し、苦悩するが……画期的新訳。

新訳ロミオとジュリエット
シェイクスピア
河合祥一郎＝訳

モンタギュー家の一人息子ロミオはある夜仇敵キャピュレット家の仮面舞踏会に忍び込み、一人の娘と劇的な恋に落ちるのだが……世界恋愛悲劇のスタンダードを原文のリズムにこだわり蘇らせた、新訳版。

新訳ヴェニスの商人
シェイクスピア
河合祥一郎＝訳

アントーニオは友人のためにユダヤ商人シャイロックに借金を申し込む。「期限までに返せなかったらアントーニオの肉1ポンド」を要求するというのだが……人間の内面に肉薄する、シェイクスピアの最高傑作。

新訳リチャード三世
シェイクスピア
河合祥一郎＝訳

醜悪な容姿と不自由な身体をもつリチャード。兄王の病死をきっかけに王位を奪い、すべての人間を嘲笑し返そうと屈折した野心を燃やす男の壮絶な人生を描く、シェイクスピア初期の傑作。